帥醫筆記

之1 慾望之門

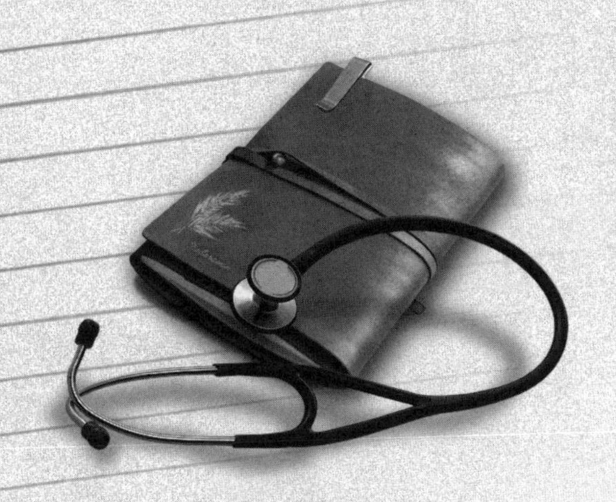

司徒浪◎著

我是一名婦科醫生。
每天，我都會接觸到女人那些難以啟齒的病痛，
我的職責便是為她們解除痛苦。
假如我看她們的笑話，出賣她們的隱私，
將她們的病痛當做閒聊話題，我就是個毫無廉恥的卑鄙小人。
我總認為女人比我們男人乾淨，她們不像我們男人，
為了競爭爾虞我詐，用心計、耍手腕，
她們心地善良單純，我因此本能地對她們產生憐愛。
我覺得女人真是一種奇怪的動物，她們有時候很難讓人理解。
女人的情感，就彷彿是天上飄著的一片雲，來無影去無蹤。
有時候你會覺得她們很變態，真的，她們固執起來的時候真的很變態。
說到底，男人或許是一種極端自私的動物，在他們眼中，只有獵物，沒有女人。
於是，許許多多說不清道不明、不便說也不能說的事情發生了。
而我只能將一切藏在心中，或者，寫入我的筆記……

——馮笑手記

目錄

帥醫筆記

第一章

診間巧遇夢中情人

我沒有想到自己竟然會遇見她，在八年之後。
那是一個星期天的下午，我第二次門診的時候。
而我們見面的地方卻是一個特別的地方——我的診室。

妻子對我挑選西瓜的本事佩服得五體投地——只需要用手在西瓜的表面輕輕一拍，然後就知道哪個最好，「這西瓜不錯，只有一公分左右的皮厚。」

起初妻子不相信的，抱回家劃開一看，果然如此：皮薄，瓤紅，取出一小坨嘗一下，甜到心裏面去了。

我不在的時候，妻子也去選，回家後總是發現西瓜還是生的，皮厚不說，吃起來也幾乎感覺不到西瓜的味道。

妻子在佩服之餘，便開始好奇起來，「你怎麼做到的？」

我淡淡地笑，「我是醫生，手上有感覺。」

她還是不明白，「什麼樣的感覺？怎麼我沒有？」

於是我笑，「我們經常要給病人做檢查，總不可能都用儀器去檢查吧？比如，我們每天都要做的一樣檢查，就是在體外叩診病人心臟的大小。選西瓜的原理是一樣的，當我輕輕拍打西瓜表面的時候，就可以清楚地感覺到西瓜皮與它裏面的內瓤之間的界限。這其實是一種感覺。」

妻子更加好奇，從此在家裏、在菜市場裏面見到什麼拍什麼。可是，她選出來的西瓜依然是半生不熟的。

她更加佩服我了。我卻不以為然，「我可是經過專業訓練的，要知道，叩診可是一名醫生需要掌握的最起碼的技術。」

她這才罷了，從此不去西瓜攤。

我是一名醫生。

因為自己的職業，婚姻一直是我面臨的難題，幸好她，趙夢蕾，我的這位中學同學，她不計較我的職業，於是她成了我現在的妻子。

而現在，我卻成了廣大婦女同胞喜歡的人。因為我是一名婦產科醫生。

所以我時常感歎：這世界就是如此的不公平，就如同金錢一樣，擁有的越多，反而會越心慌。

第一次看到女人的身體是在讀高一的時候，我一個男同學家裏。

那是在我讀高一的時候。我與班上的歐陽童是好朋友，他姓歐，並不是複姓歐陽，也許是他父親對複姓有著莫名其妙的喜好，也許是無意中把他的名字取成了這個樣子，使得很多人都以為他是歐陽家的。

那是一個星期天，我去歐陽童家裏找他玩。剛剛進他家的門就忽然感受到了一種悲愴的氣氛，這種氣氛在他的家裏厚重地瀰漫著，以至於在他打開門的那一瞬間我就感覺到了它的撲面而來。他的面色凝重，眼角還有淚痕。

「怎麼啦？」我大感詫異。

「我奶奶去世了。」他用低沉的聲音回答我。

那一刻，我的心情頓時也沉重了起來。他奶奶我認識的，是一位很有風度的老太太，滿頭白髮，皮膚紅潤如同嬰兒般。每次她看見我的時候都是慈眉善目的，讓人覺得很溫暖。

歐陽童的話讓我震驚萬分，因為我沒有想到一個人的生命竟然會像他奶奶一樣的在瞬間消逝。

「我去看看她。」我說了一句後，就朝他家裏面跑去。我知道他奶奶的那個房間。

「你別去！」耳邊聽到歐陽童在叫我，但是我卻忽然石化在了他奶奶房間的門口處。因為我被自己眼前的場景驚呆了——

我看見，歐陽童的奶奶赤身裸體地躺在床上，而歐陽童的媽媽正用一張毛巾替她揩拭身體！

我只看見了一眼，因為歐陽童跑過來拉開了我。然而，那一眼卻深深地印入了我的腦海中，雪白，還有那一抹讓人驚奇的黑色。

第一次看見女人那個部位的那一抹黑色，心裏頓時震顫莫名！

我可以發誓，當時我沒有任何的淫邪思想。真的。

有的只是震撼和驚奇。

原來女人是那樣的。

然而，我沒有想到自己後來會選擇醫學專業。準確地講，我後來的專業並不是自己選擇的，而是我叔叔的安排，因為他是醫生，而且是縣人民醫院的院長。對此，我恨了他好多年，因為他自己的兒子去考了工學院。而叔叔讓我填報醫學院的理由卻是：他的那些醫學書籍和筆記需要有人繼承。

我的父母都是縣政府的一般員工，他們當然得聽叔叔的話了。由此，我的後半生就這樣被他們安排了下來。

大學畢業前我決定考研究生，這次的專業依然是叔叔替我安排的，因為他一位同學是江南醫科大學附屬醫院婦產科的碩士生導師。

「你的成績考研究所可能有些問題，只有我那同學特招你才有機會。」當時，叔叔這樣對我說。

我答應了。這是一種無奈的選擇。

其實，在我大學三年級的時候就不再恨我的叔叔了，因為我感受到了醫學的樂趣，還有醫學專業的崇高。作為醫學生，救死扶傷當然成為了我崇高的理想。

那時候，我很純潔。後來，我的內心不再把自己的專業提升到那樣的高度，因為我逐漸意識到了一點，醫生這個職業與其他職業一樣，僅僅是一種謀生的手段罷了。

在那個年代，研究所是很難考上的，我卻因為有了那樣一層關係而被特殊地錄取了，當然，我的考試成績並不是很差，僅僅是外語差了兩分而已。後來，也是因為這種關係我得以留在了附屬醫院裏面，然後成為了一名正式的婦產科醫生。

腦海裏那天在歐陽童家裏看到的情景，伴隨我度過了整個高中時代。

每當我看到班上的女同學、學校的女老師們的時候，腦子裏總會不自禁地浮現出那一抹黑色，我發現，女人對於我來講更加地神秘。

那時候我經常這樣想：也許自己當時沒有看到那一幕的話，或許不會時常去想像女人的那種神秘，因為歐陽童奶奶的那一抹黑色已經深深地浸入到了我記憶的深處。

如果沒有那天的經歷，女人在我眼裏就僅僅是女人，只是女人的概念，而沒有她們具體的身體形象。

我的內心知道，是歐陽童奶奶的那一抹黑色，喚醒了我性的意識。

趙夢蕾是我們班上最漂亮的女同學。她的漂亮完全是一種自然的美，因為她非常樸素，總是穿著一條咖啡色的褲子還有一件淡綠色的外套，一周也難得換一次。至於她其他的衣服我卻都不記得了，腦子裏面只有她的咖啡色與淡綠色，我覺得她穿這一套衣服的時候最好看。她的漂亮主要還是因為她肌膚的白皙，而淡綠色更加襯托出了她的美麗。

我的目光時常停留在她的身上，不管是上課還是在放學的路上。

她走路是很慢的，而總是喜歡與我同行的歐陽童卻是一個急性子，每當放學的時候他總是快速地朝前跨動他的雙腿。

「別走那麼快好不好？我叔叔說，走快了對身體不好。」自從我發現了趙夢蕾的美麗後，便改變了自己跟隨歐陽童快步走路的習慣，並找到了一個充分的理由去說服他。

歐陽童卻無法改變他的習慣，於是，從此我們倆不再同行。

也因此，我開始了暗戀趙夢蕾的美好而痛苦的日子。每當放學後，就緩緩地跟在她的身後，她在我前方曼妙地移動她的身軀，留下一種美好與甜蜜在我心靈的深處。

我還慢慢地掌握了她上學的時間，於是總是在那時候從家裏出發，然後去跟在她的身後。

就這樣，我跟了她整整兩年，而心靈深處對她的愛戀卻深深地埋藏在我的心底。

讓我非常奇怪的是，在自己跟在她身後的過程中，我腦海裏從來沒有浮現過那一抹黑色。後來我明白了，那時候的自己是多麼的純潔。

愛情，這種傳說中的東西曾經給予了我多麼美好的記憶。

然而，高中畢業後，她卻完全地淡出了我的視線，因為她考到了北京的一所院校，而我卻進入了江南醫學院。即使是寒暑假的時候，我也再沒有見過她，後來我才從同學那裏瞭解到她的父母在我們高中畢業的那年，調離了我們的那個小縣城。

從此，她便成了我內心深處的美好回憶。

然而，我沒有想到自己竟然還會遇見她，在八年之後。

進入醫學院後，對女人的神秘感覺依然存在，而且還更加強烈。

因為我見過女人的身體，然而卻是匆匆的一眼。所以，潛意識裏對女人的渴望更加強烈起來。當然，這裏面還有一個原因——年齡的增長，身體發育的進一步成熟。

但是，我的內心是羞愧的，因為自己見到的那個女人的身體是一個曾經對自己和眉善目的老人，而且還是我最好同學的奶奶。這種發自內心深處的愧疚心理，讓我不敢去面對周圍的一切女性，包括我們班上那些漂亮的女同學。

所以，學習成為了我唯一的樂趣。

然而，外語卻是我天生的敵人。我對語言類的東西天生的不敏感，那些單詞讓我痛苦不堪，於是心裏十分痛恨外國人那樣講話、使用那樣的語言。

大學五年很快就過去了，寢室裏面的男同學們都曾經戀愛或者多次戀愛過，而我卻一直獨善其身。不是我的境界有多高，而是因為我不敢去向那些自己喜歡的女同學示愛。心中唯有一種美好的回憶——自己中學時候的那位女同學。

讀研究所期間，曾經有兩年在醫院裏實習。師母很喜歡我，她覺得我老實本分，所以幾次給我介紹女朋友。但是那幾個女孩聽說我是學婦產科專業的之後，都禮貌地朝我拜拜了。

內心的自卑更加強烈，從此見到女性的時候，更加不敢與她們交流。

研究生三年的學習讓我有了唯一的收獲——我的外語水準得到了極大的提高，這是愛情失敗的補償。所以，我一直相信一點：這個世界是平衡的、公平的，就如同物質不滅與能量守恆定律一樣。

中國人曾經用八年的時間趕跑了日本鬼子，而我卻在同樣的時間裏完成了自己的學業。

上班的第一天，科室給我分配了分管的病床，同時還有一天的門診任務。我上門診的時間是每週的星期天。因為我剛剛畢業，像星期天這樣的門診時間就非我莫屬了。這不是欺負我，因為科室裏的每一位醫生都是這樣走過來的。

我畢業那年，女性們對婦產科男醫生已經不再像從前那麼排斥了，而我內心深處的那種自卑感卻依然存在。我唯有用細心與和藹去對待每一位病人，來淡化自己內心的那一片灰暗。所以，病人們對我的印象還不錯。

說實話，在我的眼中，那些病人並沒有高矮美醜之分，我去看的唯有她們的那些特殊器官、以及附著在那些器官上面的疾患。這不全是醫生的職業道德與個人的倫理所致，這是一種習慣。正因為如此，有時候在大街上碰到一位漂亮女人時，如果她笑著與我打招呼並且自我介紹說她是我的病人的時候，我會對她全無印象。

我沒有想到自己居然會與她見面，我日思暮想的那位中學女同學趙夢蕾。那是我第二次門診的時候。那是一個星期天的下午。

而我們見面的地方卻是一個特別的地方——我的診室。

那天，正值一場秋雨過後，病房裏開有空調，所以並不像外邊那麼潮濕。我討厭潮濕的空氣。中午去食堂吃飯的時候，潮濕的空氣讓我的全身、特別是背部黏糊糊的很難受。雨後的氣溫已經降下來了，但我依然感覺到悶熱，匆匆吃完飯後，滿頭大汗地回到了診室。

洗了一把臉，然後在診室裏面假寐。

假寐其實是一種閉目養神的狀態，而這種狀態卻往往容易進入淺睡眠。淺睡眠是夢出現最頻繁的時候。那天我就做夢了——

我的前方是她妙曼的身形，她在我的眼裏婀娜多姿地款款而行，咖啡色的褲子、淡綠色的上衣，一條馬尾辮在她頭的後面左右擺動，我能夠看到的她的肌膚處只有雪白的頸、擺動著的雙手，不，還有她兩隻小巧漂亮的耳朵，我朝一旁移動了一下自己的身體，眼裏頓時有了她美麗白皙的半邊臉龐。

她似乎發現了我對她的跟蹤，她在轉身來看。我大駭。頓時醒了，早已涼爽的身體頓時大汗淋淋。這一刻，我知道自己還是自卑的，因為即使是在我的夢中、當她轉身的那一刻，我依然選擇了逃避——在這種情況下從夢中醒來，在心理學上講就是一種逃避。

不過，我的心情是激動的，因為我夢見了她。雖然在激動之後是痛苦，但是我依然在心裏對她充滿著感激，感激她進入到了我的夢中。

下午兩點半，我的門診繼續進行。

「叫下一位。」在看完了兩個病人後，我吩咐護士道。隨即去洗手。轉身的時候發現，病人已經坐在了我辦公桌的對面了，但是，我的身體卻在我看見她的那一刻變成了石化的狀態。

「馮笑！怎麼會是你？」她也認出了我來。

她美麗的臉上的驚訝、歡愉的表情頓時牽動了我的神經，解除了我石化的狀態。那一刻，我內心的自卑、羞澀頓時離我而去，「趙夢蕾？我不是在做夢吧？」

我真的以為自己是在做夢，因為我剛剛才夢見過她。我是醫生，不相信這個世界竟然會有這樣的事情出現。

「馮笑，你怎麼會當婦產科醫生？」她卻在問我，臉上已出現了尷尬的表情。有一點我還是知道的，自己可不能給自己的女同學看病，況且她還是我的夢中情人。我不想破壞自己心中的那份美好。於是我朝她笑了笑，「我帶你去讓隔壁的醫生檢查吧。女醫生。」

她隨即站了起來，「謝謝。」

看來她也不願意讓我給她看病。畢竟我們曾經是同學，大家太熟了，如果我給她看病的話，只能給我們雙方帶來尷尬。

把她交給了門診一位副教授女醫生後，我回到了自己的診室，心裏猛然地難受起來——她結婚了？不然的話，怎麼會到這裏來看病？

「我請你吃飯吧。」直到她看完了病，過來邀請我時，我才再次激動了起來。

「我請你吧。」我急忙地道。

「也行，誰讓你是男的呢？」她笑道。

那一刻，我發現她依然如同以前那樣的美麗，不過在她的臉上卻已經留下了歲月蹉跎的痕跡。

我發現，她的臉已經不像她從前的臉那麼光潔。

那天是我請她吃的飯。結果卻鬧出了一場尷尬，因為那家飯店的老闆娘，竟然是我的病人。

「我掛號的時候怎麼沒有看到你的名字？」在去往飯店的路上趙夢蕾問我道。

我不好意思地回答道：「因為我只是一名普通的醫生。要副教授以上的醫生才會在掛號處有名字的。」

「你工作幾年了？」她問我道。

「才上班呢。今年剛剛碩士畢業。才去考了主治醫師資格，估計職稱馬上就要下來了。」我發現自己竟然不自禁地說得如此詳細。

「我說呢，」她笑道，「今天要不是專家號掛完的話，我們還見不到面呢。」

「幸好我的名字沒在上面，不然的話，我也見不到你了。」我也笑著說。

「不會啊。要是我看到了你的名字的話，肯定會來找你的。我還記得你啊，而且我也記得你當初是考上了醫學院的。至少我要來證實一下究竟是不是你吧。」她笑道。

那一刻，我的心裏頓時有了一種感動。

吃飯的地方是我臨時選的，就在我們醫院不遠處。我和她剛剛進去的時候，就聽到有人在叫我：「醫生、醫生！」

我的眼前頓時出現了一位風姿綽約的女人。發現她在朝我笑，這才肯定下來她是在叫我。於是朝她微笑。

雖然我不認識她，但是我覺得微笑是最好的方式。猛然地，我發現自己曾經一貫的自卑與羞澀再也沒有了。難道是因為趙夢蕾在我身旁的緣故？

「這是你妻子吧，馮醫生？」風姿綽約的女人笑著問我道。

我頓時尷尬了起來，「這是我同學。」

「好漂亮啊。」她讚歎道，「馮醫生，這家飯店是我家開的。今天我請客。」

「謝謝！」我暗自納罕：這女人是誰啊？隨即又道：「我要付錢的，不然下次我就不來了。」

「那我給你打折吧。」風姿綽約的女人隨即笑道。

「謝謝！」我不好再說什麼了。

「你們很熟悉？剛才那個女人。」我和趙夢蕾坐下後她問我道。

我苦笑著搖頭，「不認識。」

她驚訝地看著我，隨即笑了起來，「想不到你這個婦產科大夫蠻受歡迎的。」

我再次尷尬起來，「我真的不認識她。」

她在點頭，笑容已經收斂，「看來你是一位合格的醫生。」

雖然她沒有在醫生二字前面冠以婦產科三個字，但是我完全明白她話中的意思。頓時高興起來：能夠得到她的讚揚，當然讓我高興啦。

那個風姿綽約的女人親自送來了菜單，微笑著問我：「你們想吃點什麼？」

「來幾樣你們這裏有特色的菜吧。」我想了想後說道。

「好。」她把菜單收了回去，「要點什麼酒水呢？」

我看看趙夢蕾，「你說呢？」

「老同學見面，當然要喝點酒啦。白酒吧，不要太貴的。」她笑著對我說。

「好啊！」風姿綽約的女人應答著離開了。

我和她卻忽然進入到了無語的狀態中，我，還有她，都在定定地看著我們面前那張漂亮的桌布。

「你什麼時候到這裏來的？現在在做什麼工作？」時間過得很漫長，我終於忍不住問了她這樣一個問題。

而在此時，她卻也同時在問我道：「你妻子是做什麼的？」

互相看了對方一眼後，我們倆同時地笑了起來。

「你先回答我。」她搶先地道。

我苦笑，「還沒有呢，一直沒有戀愛過。」我感覺到自己的臉在發燙，因為我的心裏在對她說：我的心裏一直在想你呢。

「不會吧？」她驚訝地看著我問道。

我朝她點頭，隨即問道：「你呢？你丈夫是做什麼的？」

我放棄了前面的那兩個問題，因為我覺得這個問題更重要。

雖然我明知她完全有可能結婚了，但是我依然在期盼她有著與我一樣的回答。

然而，現實是非常殘酷的，她的回答讓我非常失望，「他在一個中央企業銷售處工作，最近才調到江南省，所以，我也跟著過來了。」

我頓時黯然。

這時候那位風姿綽約的老闆娘過來了，她拿來了一瓶五糧液，「馮醫生，這啤酒算是我送給你們喝的吧。」

「你怎麼認識我的？」我再也忍不住地問道。雖然我估計她有可能是我的病人，而且剛才趙夢蕾也這樣認為，但我還是不敢完全地確定。

「我今天上午才來找你看了病的啊？你不記得我了？我上周也來過呢，你不是讓我今天來換藥嗎？」她詫異地看著我問道。

「哦。」我點頭，依然記不得她什麼時候去過我的診室，「對不起，每天的病人太多了，我記不得了。」

「馮醫生，我多次到你們醫院看過病，但是我覺得你的態度最好，而且一點都不讓我覺得痛苦。」風姿綽約的女人說。

我淡淡地笑，「我學的就是這個專業。應該的。」

「你們吃東西吧。這瓶酒是我感謝你的。」她將酒放到桌上，轉身離開了。

「開始我還有些懷疑呢，現在我完全相信了。」趙夢蕾笑著對我說。

我看著她，發現她真的很美。

我依然淡淡地笑，打開那瓶酒給她倒上，「來，我敬你。為了老同學相逢。」

她端起杯一飲而盡。

我怔了一下，隨即也喝下了。

風姿綽約的女人再也沒有來，是其他服務員來上的菜。菜的味道很不錯。

「中學時，你們每一個男生好像都很羞澀的。」是她開始談起了以前的事情。

「那時候我們都不敢和你們女同學說話。」我笑道。

「是啊，我們那地方太保守了。」她說，隨即朝我舉杯，「我敬你。」

我們再次喝下。我隨即道：「這不是保守吧？是那個年齡階段都這樣。」

「你為什麼一直沒戀愛？」她忽然地問我道。

我苦笑著回答：「我這職業，誰敢找我啊？」

「有什麼嘛，我覺得沒什麼。」她笑著說。

我去吃菜。我發現，我和她始終保持著一個距離，這種距離讓我們的交談隨時都進入到一種相互沉默的狀態。現在，我和她就幾乎沒有什麼話語了。

幸好還有酒。我朝她舉杯，「敬你。」

她依然地喝下，然後默默地吃菜。

我覺得自己還是應該主動去與她說話，於是我開始問她了：「今天檢查的結果怎麼樣？你哪裏不舒服？」

她看了我一眼，滿臉的羞意，「這不是你的診所吧？」

「呵呵！職業習慣。別介意啊。」我也覺得自己的話題很過分，很無聊。

「沒事。」她卻說道，朝我舉杯，「老同學，可能我今後還會常來找你的。」

「怎麼？問題很嚴重？」我即刻地又回到了自己的職業狀態上去了，真是屢教不改。問出來之後才開始後悔。

「喝酒。」她卻又朝我舉杯。

這杯酒喝下後，我暗暗地發誓不再問她關於病情方面的問題了。

還好的是，她也不再談及到那個方面。我們後來的話題都是以前學校的趣事，還有班上女同學的一些事情。其中很多都是我不知道的。

一瓶酒很快就喝完了。「再來一瓶？」我問她道。

她搖頭，舌頭有些大了，「我喝多了。」

其實我也差不多了，隨即點頭道：「好吧，你多吃點菜。」

這時候我才發現她真的已經喝多了，因為她手上的筷子幾次掉在了桌上。我去給她夾菜，同時有一種想要去餵她的衝動。當然，我不敢。

「不吃了，我吃飽了。」她終於放下了筷子然後對我說道。

於是我急忙去招呼服務員結賬。

「我結賬了。」她卻在笑著對我說道。

我這才想起她在我們吃飯的中途去過一趟洗手間的事情，估計是那時候她去結的帳。「不是說好了我請客的嗎？」我有些不滿。

「本來就是你結賬。才一百塊錢。」她笑著說。

我頓時明白了，笑道：「這裏的老闆娘這樣做生意的話，不虧本才怪了。」

「我們走吧。」她說，隨即搖搖晃晃地站了起來。

我很想去扶她的，但是不敢。

可是她卻來看了我一眼，「你來扶一下我，我走不動了。」

我猶豫了一瞬，隨即去扶住了她的胳膊。這一刻，我的內心猛然地震顫了起來，因為我感覺到她的胳膊是那麼的柔軟！

「你住什麼地方？我送你回去吧。」到了馬路邊上的時候我問她道。

「不用。」她搖頭道。

「那我給你叫車。」我說。

讓我沒想到的是，她卻忽然甩開了我的手，轉身來定定地看著我問道：「馮笑，讀高中的時候，你是不是很喜歡我？」

我完全沒有想到她會這樣問我。這一刻，我忽然有了一種被人脫光、站在大街上的感覺！

所以，我頓時怔住了，心裏惶惶地看著她，不知道該如何回答。

她卻依然在說，根本就沒有注意我的表情，「你以前經常跟在我後面，我是知道的。」

「真的？」我終於問出了一句話來，也許是酒精讓我的膽量增大了。

「都說女生比男生要早熟，我怎麼覺得好像不是這樣的呢？」她笑著問我道，聲音不再像前面那樣含糊不清了。

「你的意思是，那時候你對我根本沒感覺？」我似乎明白了她話中的意思了。

「是。」她笑道，「我得回家了，再見。對了，把你的手機號碼給我好嗎？」

「你告訴我你的號碼，我馬上撥打過來。」我說。

於是她告訴了我她的號碼，我即刻聽到她手機在響。她將她的手機拿了出來，卻朝我遞了過來，「你幫我存一下。」

我當然不會拒絕，隨即在那個未接電話上輸入了自己的名字，然後儲存了進去。讓我感到心旌搖曳的是，在我存她號碼的過程中，她的頭竟然靠在了我的胳膊上面！

「這下好了，我可以隨時找你了。」她從我手裏接過了電話，笑著對我說道，隨即去到馬路邊招手叫車。我發現她的身體在搖晃，急忙地朝她跑了過去，隨手扶住了她的身體，手上是她柔嫩的後背肌膚。雖然隔著一層衣服，但我手上的感覺卻依然是那麼的清晰。我是學醫的，別說隔著一層衣服了，就是去輕輕拍打她的胸部的話，也完全可以感知到她心臟的大小的。

對了，她今天穿的不再是從前那樣的衣服了。我看得出來，她的穿著很考究。

計程車載著她絕塵而去，留下了夜色中那一片斑斕。

我歎息了一聲後，孤獨地回到寢室，心裏不禁感歎世道的不公，同時也在痛恨那個發明「有情人終成眷屬」那句話的人。

整個晚上都在傷心著，唯有去回憶曾經的一幕幕，記憶中她那妙曼的身形減輕了我許多的痛苦，並讓我慢慢進入到睡眠之中。然而，第二天醒來的時候，卻是更深的內心傷痛。

第二天上班的時候，我卻慢慢地平靜了下來，因為太忙，還因為我已經完全地認命了。有一個道理我還是明白的：不屬於自己的東西，再怎麼渴求都毫無用處。昨天她給我激起的那一片漣漪，終於歸於一種平靜。

然而，命運卻偏偏與我作怪。下午的時候，我剛剛收了一個新病人入院，剛剛給她體檢完畢、正坐下來準備寫住院病歷的時候，忽然接到了趙夢蕾的電話，「晚上我請你吃飯吧。你一定要來哦。」

心裏忽然地有了一種莫名的興奮，「什麼地方？」

「我家。」她回答，「我做了好幾樣菜呢。絕不比昨晚那些菜的味道差。」

「你老公在家裏嗎？」不知道為什麼，我忽然問了這麼一句。問過之後我才明白：自己的內心有些痛恨那個男人。

「出差去了。」她說，「你一定要來啊。」

我頓時放下心來，「好吧，你告訴我你家的地址吧。」

下班的時候，科室一位醫生來找到了我。她是我的學姐，因為她也是我導師的學生，不過卻比我高一屆。

「小學弟，晚上幫我值一下夜班。」她笑瞇瞇地對我說。

「怎麼老叫我小學弟啊？」我已經不止一次這樣抗議了。

「呵呵！馮笑，幫幫忙吧。」她即刻改變了稱呼。

「蘇華，我今天晚上有事情啊。真的。」我急忙地道。

「除非是你談戀愛，不然的話你必須幫我值班。」她很霸道地說。

蘇華是那種漂亮，但性格卻像男人的女性，特別是在我的面前，她從來都是一副大姐大的姿態。

「你又有什麼事情嘛？」我心裏有些惱火，因為她這已經是第二次讓我代班了，而且上次代班後還沒有還我的休息時間。

「我男友今天回來。」她滿臉幸福。我卻把她臉上的神態看成是一種「性福」。

「我真的有事情。對不起啊，你還是叫其他人替你代班吧。」我不想錯過今天晚上與趙夢蕾單獨在一起的機會。我對趙夢蕾並沒有什麼邪念，就是想和她在一起。因為中學時候自己對她的那種暗戀情感，已經深入到了我的骨髓裏面。
她看著我，臉上似笑非笑，「真的戀愛了？」
我點了點頭！
她臉上頓時露出驚喜的神采，「真的？她幹什麼的？」
「查戶口啊？」我不滿地道，卻忽然有些心虛起來。
她大笑，「好，我不麻煩你了。不過，到時候你要帶她來見我哦。」
我頓時覺得自己的臉上發燙得厲害，心裏對她有著一種深深的愧疚。
她依然地看著我笑，「喲！害羞啦？」
我慌忙脫掉白大衣，然後狼狽地朝病房外面跑去。身後是她爽朗的大笑聲。

到了趙夢蕾告訴我的那地方後，才發現這裏竟然是一個漂亮的社區。這個社區太大了，我一時間找不到她告訴我的她家的具體位置，急忙拿出電話朝她撥打。
「你等等，我下來接你。」電話接通後她說道。
我嚇了一跳，「別……你直接告訴我哪一棟樓就可以了，我問問這裏的人。」
「怕什麼？社區裏面的人都是新住戶，沒人認識我的。」她笑道，「你在那裏別動啊，我馬上下來。」

電話被她掛斷了。我唯有苦笑，同時在心裏鄙視自己：膽子怎麼那麼小啊！

一會兒過後，我忽然聽到了一個聲音在叫我：「馮笑，這裏呢。」

急忙朝那個聲音看去，發現她站在遠處朝我笑。她的手背在她身體的背後，曼妙的身形綻放出一種迷人的風采。我的心臟開始「怦怦」地跳動。

它激動了！

第二章

子宮外孕

我看著她腹部上的紗布，頓時有些詫異起來，
因為我發現那紗布上面有滲血！
輕輕地將貼在她雪白腹部上的膠布揭起，
然後輕柔地將紗布打開，我看見，她的傷口竟然裂開了。

進入到趙夢蕾的家後，我再一次地自卑了──多麼漂亮、寬大的房子啊！客廳大約有六十個平方的樣子，西式風格的裝修和傢俱，裏面一塵不染，如同女主人般的清新可人。想到自己還住在集體宿舍，裏面一片狼藉，心裏頓時五味雜陳，極不是滋味起來。

客廳的一角是餐桌，上面已經擺放好了酒菜，香氣撲鼻。

「去洗手，我們開始吃飯。」她招呼我道。

「好漂亮的房子。」我這才猛然地想起自己應該讚揚一下這裏。

「去洗手，然後我們吃飯。」讓我有些詫異的是，她卻對我的這種讚揚顯得很冷淡。

我去到了廚房，發現裏面一式的現代化廚房用具，也已經被她打理得乾乾淨淨、纖塵不染。真是一位好妻子！我心裏歎息道。

洗完手然後出去。

餐桌上有五六個菜，看上去很誘人。還有一瓶五糧液。

猛然地想起了一件事情來，「昨天你到醫院檢查的結果怎麼樣？哦，我沒其他意思，我只是擔心你喝酒會加重病情。」

她看我，忽然地笑了起來，「你真是三句話不離本行啊。沒事。昨天晚上不是喝酒了嗎？」

我點頭，「你還沒孩子？」

我發現自己現在的思維有些飄逸，不過我問她這個問題是有道理的，因為我在她的家裏沒有發現有孩子的任何痕跡。

一個有孩子的家庭是有著特殊氣息的。除了可以看到一些孩子的用具之外，還會有一種不一樣的氛圍。但是我卻感覺到她的這個家顯得很冷清、很乾淨。是的，她的家太乾淨了，乾淨得不像有孩子的樣子。

「馮笑，我發現你的問題蠻多的。你一個單身男人，哪來那麼多的問題啊？」她頓時不滿地道。

我有些莫名其妙，「這和單身男人有關係嗎？我和你是同學，而且又是醫生，這是關心你呢。」

她頓時笑了起來，「我是說你還沒有結婚，所以不知道婚姻裏面的很多東西。雖然你是婦產科醫生，但是你對家庭的事情卻不一定懂得。呵呵！好，你問吧，想問什麼都可以問，我都回答你。也算是我這個老同學提前培訓一下你婚姻方面的知識。哦，對了，你真的從來沒有戀愛過嗎？」

我點頭，苦笑道：「命苦啊。接近三十歲了，連女朋友都還從來沒有過。」

她用一種溫柔的眼神看著我，「可憐。」

我一怔，隨即笑了起來，「可憐嗎？」

她也笑，「好啦，別說笑了。來，幫我把酒打開。」

我依言地去開酒，嘴裏開始問她道：「趙夢蕾，看來你男人很有錢的啊，家裏都放著五糧液。」

她淡淡地道：「你喜歡的話，我送你幾瓶。」

我大吃一驚，「我可沒這意思！」

「你誤會了，我沒有其他意思，只是覺得這些都毫無意義。你還沒結婚，所以你不懂。」她也意識到了她自己話中的錯誤了，急忙地道。

我心裏已經釋然。酒，已經被我打開，給她和我自己都倒上。「我覺得你好像對你的婚姻不滿意的樣子，是這樣嗎？」我問她道，眼睛盯著酒杯，心裏惴惴的。

「你吃菜，嘗嘗我的手藝。」她沒有回答我的問題，給我碗裏夾了一些菜。

我很聽話地吃，「味道真不錯。」

「那就多吃點。」她從每個盤子裏面都給我夾了些菜。

我覺得她做的菜味道確實不錯，霎時間便都吃完了，「咦？你自己怎麼不吃？」忽然發現她竟然沒動筷子，正滿臉笑容地看著我狼吞虎嚥。

「看你喜歡我做的菜，我很高興。」她朝我笑，隨即舉杯，「來，喝酒。」

我也急忙地舉杯，「謝謝！太好吃了。」隨即喝下一小口。忽然，我驚住了，因為我發現她已經喝光了她杯中的那杯酒，要知道，我們手上的可是葡萄酒杯啊！

「你可以隨意。」她看著我笑道。

我豪氣頓生，「那怎麼行？」隨即一飲而盡，嘴裏頓時一片苦澀。發現她現在才開始在吃東西。

「想不到你喝酒這麼厲害。」我朝她笑道。

「昨天都喝醉了。」她笑著說，隨即拿起酒瓶給我和她自己再次倒滿。

「那今天就少喝點吧。」我急忙地道。

「就這一瓶，每人就兩杯酒。」她說。

「好。」我心裏頓時放下心來，隨即去吃那盤我覺得味道最好的雙椒雞。

「馮笑。一會兒你幫我檢查一下好嗎？」我正吃得香，頓時被她的話嚇得將筷子掉落在了桌上！

「你……你！」我忽然變得結結巴巴地起來。

「你什麼？」她瞪了我一眼，「我們是同學，你幫我看看不行嗎？」

「婦科檢查是必須有護士在場的。在你家裏，這……而且，這裏也沒有器械。」我慌忙地道，心裏緊張萬分。

她看著我，滿臉的詫異，一瞬之後忽然地大笑了起來。她用她那美麗的手指著我，笑得直不起腰來。

我更加惶恐，訕訕地道：「這有什麼好笑的嘛。」

她終於止住了笑，「你想哪裏去了？我是覺得最近肚子很不舒服，一直隱隱著痛。想讓你幫我檢查一下究竟是什麼問題。真是的，你想什麼地方去了？」

我大窘，「那是外科醫生的事情。」

「你沒學過外科？」她問我道。

我點頭，「學倒是學過，不過不很專業。」

「你先幫我檢查一下。如果有什麼大問題的話，我再去你們醫院外科好了。」她說。

這一刻，我心裏忽然地泛起了一陣漣漪，彷彿已經不能自己，「好吧。」

「吃好了嗎？」她問我道。

我點頭，「差不多了。」

她笑，「那就是還差點。對了，我去給你添飯。」

「在哪裏檢查？」吃完飯後她問我道。

「最好平躺。」我說，「平躺的狀態，腹部才可以放鬆。」

「那我們去臥室。」她說。

我一怔，覺得她的話有些怪怪的。

「走啊，發什麼呆啊？」她卻在催我。

我不禁在心裏咒罵自己：今天你是怎麼啦？怎麼變得如此的沒有定力了？

她在我前面曼妙地行走，我呆呆地跟在她的身後。這一刻，我彷彿回到了十年前。她還是她，依然那麼的美麗動人。

好大的一間臥室，好大的一張床！

「那我躺下了啊？」她轉身在對我笑。

「好。」我呆呆地道。

於是她去到那張寬大的床上躺下，我卻站在那裏有些不知所措起來。

「幹什麼呢？」她卻在催促我，不知道怎麼，我覺得她的聲音竟在顫抖。

我這才猛然地清醒了過來，緩緩地朝那張寬大的床走去。

「我需要做什麼？」她在問我。

我深深地呼吸了一次，心裏頓時平靜了許多，然後去看著床上的她，覺得她的身形更加苗條，也許是因為那張大床的緣故。「把你的衣服撩起來，露出腹部。」我吩咐道，儘量不讓自己的聲音顫抖。

她撩起了她衣服的下擺，我眼前頓時出現了她平展而白皙的腹部，再次地心旌搖搖起來。我發現自己的手在顫抖，再次深吸了一口氣，我的手即刻地去到了她的腹部，頓時感到了一片溫潤。

輕柔地用自己的手指摁壓她的腹部，一點一點地去感受她腹腔裏面的狀態。好像沒什麼問題，很柔軟。

然後往下，開始去檢查她的小腹。

「你把你的皮帶解一下，褲子稍稍往下褪一點。」我吩咐她道。現在，我完全進入到了醫生的角色裏面去了。

她很聽話，伸出她那白皙而纖細的雙手去將她的皮帶解開，然後朝下褪了褪她的褲子。可是，我卻猛然地呆住了！

因為我看見了她那一抹黑色的始端……

我的專業是婦產科，每天在醫院的門診和病房裏給病人做檢查的時候，會時常看到女人那個地方的毛髮，而我卻從來都沒有過異常的反應。但是，現在我卻猛然地心顫了起來。因為她不一樣：她是我的同學，還是我的夢中情人！

我再一次地呆住了。

「怎麼啦？是不是真的有什麼問題？」她卻在問我。

「沒……還沒檢查完呢。」我慌忙地道。

她不再說話，我斂住心神開始認真檢查起來。她的下腹部依然很柔軟，很平展。我用手指輕輕地摁壓，大拇指配合著去尋找她腹部裏面的異樣。無意中，我的手指竟然觸及到了她那裏的毛髮，心裏頓時一蕩。

而此時，我卻忽然聽到了一種奇怪的聲音——她，她竟然在呻吟！

我已經是成年人了，當然明白她那種聲音代表的是什麼。

在我實習與正式上班的整個過程中，時不時地會遇到這樣的事情。有個別的病人反應強烈，當我食指和中指伸進到她們陰道裏去做雙合診的時候，會發出與趙夢蕾現在同樣的呻吟聲，但是在醫院的時候我不會有任何的詫異，也不會因此去笑話病人。但是現在卻不一樣了，因為她是我的同學，而且還是在她的家裏，在她家裏的臥室裏，在臥室裏的這張大大的床上。

我再次心旌搖曳起來，忐忑地去看著她，發現她的雙眼緊閉，臉色酡紅，嘴唇卻在微微地張開。

這一刻，我彷彿明白了：她的腹部根本就沒有什麼疾病！她，完全是在引誘我、挑逗我！

「夢蕾？」我試探著呼喊了她一聲，聲音在顫抖。我去掉了她的姓，這種呼喊完全是一種情不自禁。

「馮笑，我肚子裏面有什麼嗎？」她輕聲地在問我，雙眼依然沒有張開。

「我……」我看著她，心跳如鼓。

「你真傻……」她忽然地歎息了一聲，依然閉著她的眼，「既然你那麼喜歡我，幹嘛不要我呢？」

「我……」我惶恐萬分，頓時不知所措起來，「夢蕾，你已經結婚了啊。」

「我要和他離婚，你要我嗎？」她忽然地睜開了眼，用她那雙美目在看著我。

「我……」我更加不知所措，腦子裏面一片空白。

這時候，我卻猛然地感覺到她已經抱住了我，然後開始盡情地親吻我的唇。我大腦裏面完全地變成了空白……

我是愛她的，這一刻，我完全知道了。彷彿沒有了任何的意識，唯有狂亂，不知道在什麼時候，我和她已經變成嬰兒一般，我們如兩條蛇一般的交纏。

「要我吧……」她的唇離開了我，發出了一聲長長的呻吟……

「馮笑，如果我離婚的話，你會娶我嗎？」那天晚上我離開她家的時候趙夢蕾問我。

「會的。」我說。但是剛剛出她的家門就後悔了。

我後悔的原因其實只有一點：她是已婚的女人，然而卻這樣來勾引我，讓我做出這種喪失倫理的事情。所以，我覺得她不是一個好女人。

頭天晚上，當她發出那聲長長呻吟的時候，我便再也不能控制自己了，而且她還在引導我去進入她的身體——她用她的那纖纖玉手輕柔地握住我的那個部位、然後讓它去進入她的身體。那一刻，我感覺到自己全身的每一個細胞都將爆裂開來，激情有如到了瀑布的邊緣，即將噴湧而下……只有幾下，我便丟失了自己。頓時羞愧萬分，同時有了一種索然——原來自己幻想中的男女之事竟然是如此的無趣！

說起來可笑，我作為婦產科醫生，雖然每天看到的是各色女人的那個部位，但是自己卻從來沒有親歷過性愛的過程。所以，我一直都在幻想著那個過程的美好，總是希望自己的第一次能夠讓自己進入到一種銷魂的狀態。但是，我發現現實卻並不是這樣，自己的那個過程就如同早上晨舉的時候撒了一把尿似地毫無快感可言。唯有羞愧和失望。

我的羞愧是針對趙夢蕾的，因為我覺得自己太無能；而我的失望卻是因為自己多年幻想的破滅，同時對自己的第一次就這樣完成而感到沮喪萬分。

「你真的是第一次？」她問我道。

我點頭，不敢說話，也不好意思回答她的這個問題，還是因為羞愧。她隨即緊緊地抱住了我，嘴唇在我耳畔輕聲地道：「我可憐的男人啊……」

那一刻，我忽然有種想要痛哭的欲望，心裏頓時泛起了一種對她的感激之情。

接下來，她擁著我去到了她家的洗漱間，然後替我洗澡、擦背，給我揩拭得乾乾淨淨後，將我再次送回到了那張寬大的床上，這才自己去洗澡。

躺在床上，我有了一種恍然如夢的感覺——曾經那麼遙不可及的她，竟然在現在這麼容易得到！

不一會兒她就從洗漱間出來了，身上裹著一張浴巾，皮膚白皙得耀眼。她在朝著我甜美地笑。我發現，她似乎比以前更漂亮了，有了一種成熟女人的美麗。

洗過澡後的她身體有些冰涼，也許是她家裏空調一直開放著的原因。她上床來將我再次緊緊擁抱，然後用她的唇在我的唇上摩挲。情不自禁地，我張開了自己的唇。不知道是怎麼的，那一刻我感受到了一種觸電般的感覺，彷彿有兩股電流同時從我和她的身體裏傳出，然後在我們的舌尖處開始聚合、碰撞並發出火花。那一刻，我的激情再次被她撩撥了起來……

她那珍珠般排列整齊的細密白牙，正輕輕的咬在豐滿紅潤的下唇上。原本嫩白的兩頰則是泛起了一團動人的紅暈。雖然眼睛依然緊緊地閉著，但是長長的睫毛卻在微微的顫動著。長長地，烏黑的秀髮如同柔順的水草一樣披散開來，壓在身下，同那副潔白無瑕的軀體形成了鮮明的對比，兩條弧線優美的小腿白皙得像牛奶一樣，豐潤得像成熟的果實一樣的大腿，纏繞在我的腰部，她的整個身體都在細微的顫動著，引得飽滿的胸部頂端的兩粒輕輕搖曳著，讓人想起被風輕撫時的櫻桃。

她開始細聲呻吟，然後聲音逐漸地增大，最後變成了嘶聲的、歡快的嚎叫……

這一次，我才真正地體驗到了性愛的快樂與美妙……。

我不知道，性愛這東西是可以上癮的。

在接下來的日子裏，我幾乎都與趙夢蕾纏綿在了一起。

不過，有一點我很清醒：我不能與她結婚。因為她已婚，因為她太隨便。

然而，我想不到的是，我最終會和她結婚，然後一起步入神聖的婚姻殿堂。後來我才知道，她是那麼的苦，她對我完全是一種真情。

上班的時候，蘇華一直看著我笑。

「你笑什麼？」我被她看得有些不大自在了。

「看來真的戀愛了啊。」她說，臉上是怪怪的笑容。

我莫名其妙，「你從哪裏看出來的？」

「脖子上還有口紅印呢。」她大笑。

我不禁惶然，急忙地朝病房裏的廁所跑去。她在我身後大笑。

昨天晚上在我的堅持下還是離開了趙夢蕾的家。因為我心裏害怕，害怕她男人會忽然回家。結果回到自己的寢室後沒有洗漱就睡了，躺倒在自己那張狹窄的單人床的時候還在恐慌。今天早上起床後隨便抹了一把臉就到了病房，因為我第一次睡過了頭。蘇華說我頸上有口紅印，這讓我大吃一驚，而且深信不疑。

可是，哪裏有什麼口紅印啊?!看著病房廁所那面鏡子裏的我自己，這才發現自己上當了！頓時想了起來，昨天我看見趙夢蕾的時候她根本就沒化妝，更沒有抹什麼口紅！

「學弟，你太老實了。哈哈！不過這下我完全相信你是在戀愛了。恭喜你啊！」回到病房後蘇華笑著對我說。

唯有苦笑。人家畢竟是一片好心啊。不過，我只能苦笑——昨天晚上的那個她是自己的女朋友嗎？

「不過學弟，我還是很恨你的。」她卻在笑，「你不知道，昨天晚上可把我忙慘了。收了好幾個病人不說，還來了一位子宮外孕大出血的病人，讓我做手術到半夜。對了，那個病人收到了你的床上。蠻漂亮的。」她說。

「我去看看。」我急忙地道，忽然發現自己的話有問題——我並不是因為那個病人漂亮才要馬上去看的啊，而是去進行每天的例行查房。

果然，她又笑了。不過還好的是她這次沒再來和我開玩笑。

還別說，這個病人真的很漂亮。

我朝她微笑，「你好，我是你的主管醫生馮笑。」

她也在朝我微笑，隨即卻皺了一下眉頭，「醫生好。給你們添麻煩了。」

我頓時感覺到她是一位很有素養的女人，因為大多數病人不會這樣對我們醫生說話的，因為她們往往下意識地會認為這是我們應盡的職責。

與有素養的病人談話是愉快的，「怎麼？麻藥過了？」於是我柔聲地問她道。

「是，傷口有些痛。」她回答。

「蘇醫生的手術做得很不錯的，你放心好啦。」我微笑著對她說道，「來，我看看你的傷口。」

「嗯。」她答應了一聲，隨即撩起了她的衣服下擺，同時又朝下褪了褪她的褲子。她穿的是病號服，很寬鬆。

我看著她腹部上的紗布，頓時有些詫異起來，因為我發現那紗布上面有滲血！輕輕地將貼在她雪白腹部上的膠布揭起，然後輕柔地將紗布打開，我看見，她的傷口竟然裂開了。

「你是不是感冒了？咳嗽很厲害嗎？」我問她道。

「沒感冒啊，咳嗽倒是有，不過也不怎麼厲害。」她回答。

「你的傷口裂開了。肯定是你在睡著的情況下咳嗽了。」我說。這只能是唯一的原因，因為傷口裂開還有一種原因就是感染和脂肪液化，但那得在一周後才可能出現。

「那怎麼辦？」她著急地問道。

「我得重新給你縫合過。」我說。

「去手術室嗎？」她問道，很緊張的樣子。

我搖頭，「就在這裏。對了，你的親屬呢？怎麼沒人陪伴你？你知道嗎，子宮外孕大出血很危險的。」

她黯然地道：「我知道。其實我無所謂，死就死吧，幹嘛把我送到醫院來？」

我頓時明白：這又是一個被人傷害了感情的女人。

正常情況下，受精卵會由輸卵管遷移到子宮腔，然後安家落戶，慢慢發育成胎兒。但是，由於種種原因，受精卵在遷移的過程中出了岔子，沒有到達子宮，而是在別的地方停留下來，這就成了子宮外孕，醫學術語又叫異位妊娠。百分之九十以上的子宮外孕發生在輸卵管。這樣的受精卵不但不能發育成正常胎兒，還會像定時炸彈一樣引發危險。特別是當受精卵在輸卵管安營紮寨後就開始發育，很薄的輸卵管壁被絨毛侵蝕，隨著胚胎的發育而使之膨脹繼而發生破裂，輸卵管的破裂造成大量出血，嚴重時可引起休克，如搶救不及時的話，會危及生命的。

而我眼前的這個病人就是如此，她出現了大出血。

不過有一點我很疑惑，「誰送你到醫院來的？幸好及時，不然就危險了。」

我這樣問她的目的有兩個，一是想知道她的親屬在不在，二是不希望她繼續傷感。因為我在提醒她，她是從死亡線上逃過來的人，一定要加倍珍惜自己的生命。

「醫生，我今後可以生孩子嗎？」她卻在問我這樣一個問題。

我頓時欣慰，因為她的話代表著她的一種希望，生的希望。「應該沒問題的。」我微笑著回答她道。

「謝謝你。」她低聲地道。

「我去準備一下，一會兒過來給你縫合傷口。別害怕，會給你打麻藥的。」隨即，我柔聲地對她道。

「謝謝你，馮醫生。」她的聲音很甜美。

去看完了其他病人後，先回到辦公室開出了醫囑，然後讓護士給我準備縫合傷口的器具。借這個時間，我去看剛才那個病人的病歷。

她叫余敏，今年二十五歲。病歷上都是常規的檢查內容，結果大都很正常。我主要在看後面蘇華的手術記錄。

沒發現什麼問題。

這時候蘇華進來了，她走路風風火火的，到了她辦公桌處的時候猛地將聽診器擱了上去，發出了很大的聲音，「太累了。開完醫囑後回去睡覺。」

這時候我才猛然想起她男朋友來了的事情，急忙地問她道：「你男朋友呢？」

「他在上班呢。」她笑。

「對不起啊。」我覺得很慚愧。

「我和他可是老夫老妻的了。你不一樣。我這個當學姐的當然得照顧你了。」

她笑著說。

我哭笑不得：怎麼成了她照顧我了啊？「還沒結婚呢，什麼老夫老妻啊？」我朝她開玩笑地道。

「去！小孩子別管我們大人的事情。」她朝我揮手道，臉上依然在笑。

我頓時笑了起來，覺得她也太老氣橫秋的了。不過，我覺得自己還是應該告訴她那個病人的事情，「蘇華學姐，那個病人的傷口裂開了。你縫合的時候沒什麼不當的地方吧？」

「什麼？」她忽然扭頭看我，滿臉的驚訝。

我朝她點頭。

「學弟，你別告訴別人這件事好嗎？」她隨即輕聲地對我說道，央求的語氣。

我有些奇怪，因為這件事情本身就不應該是她的責任。對於這樣的情況，大家都應該可以理解，因為病人的傷口崩裂並不屬於醫療事故。

「現在科室裏面的人都很麻煩，一旦出了點什麼事情，就會有人在後面說閒話。過兩年我就要提副高了，我不想因此受到影響。」她隨即輕聲地對我解釋道。

我頓時明白了，於是笑道：「沒事。我不會說出去的。你放心好了，我會處理好這件事情的。」

「謝謝學弟。」她的臉上頓時綻放起了笑容。我發現，這個平時有著男人性格的學姐竟然也有嫵媚的一面。

給其他病人開好了醫囑後，我就去給余敏縫合傷口。

首先用消毒紗布沾上酒精給她傷口消毒，然後進行局麻。當酒精剛沾上她傷口的時候，她輕聲地叫了一聲，「哎喲！」我同時看見了她腹部的肌肉收縮了一下。

「沒事，馬上就好了。」我柔聲地對她道。

隨即，在給她打麻藥的時候她又輕呼了一聲，我急忙轉臉去朝她微笑了一下。她有些不好意思了，臉上微微一紅，「不好意思，我從小就怕痛。」

「現在呢？還痛嗎？」麻藥已經注射進去了一大半了，我微笑著問她道。

她在搖頭。

快速地將她有些泛白的傷口處將線頭拔出，然後快速地給她縫合。說實在的，蘇華的手術做得不錯，因為我發現余敏的傷口很小。

縫合完了，我看著她的傷口處，滿意地點了點頭，「這下你可要注意了，千萬要控制住自己的咳嗽啊。再崩開了可就麻煩了。到時候我可找不到下針的地方了。」我隨即對她說道。

「謝謝你，馮醫生。」她真誠地感謝我道。

「不用客氣。」我朝她微笑，隨即開始收拾那些器具。

「馮醫生，如果我忍不住要咳嗽的話，怎麼辦啊？」她忽然問我道。

「儘量控制吧，想咳嗽的時候就深呼吸。實在控制不住的話，輕輕地咳一下。反正就是一點，不要讓腹部內部的壓力過大。」我回答說。

「你開的藥我已經吃了，但是效果不大好，因為我還是想咳嗽。」她說。

我有些詫異，「剛才我給你縫合的時候，你怎麼沒咳嗽？」

「可能是我害怕吧，搞忘了。」她笑著說，隨即露出痛苦的神情，「不行，我又想咳嗽了。」

我急忙放下手上的東西，然後去輕輕地摁壓住她的傷口，「你輕輕咳一下。」

「咳……咳咳！」她小聲地咳，我手上明顯地感到了她腹部內部傳來的壓力。

「我知道了。」隨即我笑著對她說道，「你的咳嗽可能有一半是心理作用。這樣，你去找一本自己喜歡看的書，或許可以讓你忘記咳嗽的事情。」

「馮醫生，你幫我找一本好嗎？我動不了啊。」她對我說道。

「你喜歡看哪方面的書啊？」我問道。

「穿越的。」她說。

我有些莫名其妙，「什麼意思？」

「就是現代人因為某種特定的原因回到了古代，然後在古代生活。」她回答。

我大為驚奇，「有這樣的書嗎？」

她頓時笑了起來，「看來你很少看小說啊。現在這種書很流行的。你想想，假如機緣巧合讓你回到古代，你用你現在掌握的技術給古人看病，那會是一種什麼樣的情景？後世肯定可以在史書上看到你的大名，而且還會記載你神奇的醫術。」

我不禁苦笑，「要是在古代我依然看婦產科的話，不被人打死才怪呢。」

她一怔，頓時大笑起來，可剛笑出聲，又猛然痛苦地呼叫了一聲：「哎喲！」

「別大笑！那與咳嗽的效果一樣！」我急忙地對她道。

做完了上午的事情後脫下白大衣出了科室，我記得我們醫院的對面好像有一處租書的地方。

果然有一處租書小屋。

可是，進去後我卻發現自己忘記了余敏告訴我的那個名詞了。

「喂！」我去問書屋的老闆，「有沒有那種回到古代的書籍？」

「穿越類的？」書屋老闆問我道。

「對，對！就是那種的。」我急忙地道。

「有啊。可多了。」他說。

「你幫我找一本才出來的。」我說。因為我想到余敏喜歡看這類的書籍，所以覺得她可能已經看過了以前的老書了。

十分鐘後我拿著一本租來的小說回到了病房。「我還正說要去買這本書呢。你怎麼知道我沒看過這本？」她欣喜地問我道。

我微微一笑，「我隨便找了一本。」

「謝謝你。」她即刻收斂了臉上的笑容，真誠地對我說道，「你竟然這麼細心，謝謝你。」

我轉身離開。

其實，我發現自己很喜歡她，因為她的美麗，還因為她喜歡看這類的書籍。

在那間小書屋裏面的時候，我隨意地翻閱了幾頁那本書，我發現裏面的內容真的很搞笑。不過，我心裏頓時也明白了：這個叫余敏的病人有可能一直生活在夢幻中，或者對現實極為失望與不滿，因為她喜歡看那樣的書，其實反應出她一種逃避現實的心理。

在我大學畢業後，在讀研究生的過程中一直到現在，在醫院裏見過的漂亮女人並不少，她們當中年輕的也有，但是卻從來沒有對她們產生過今天這樣的想法。真的，不知道是為什麼，現在我對余敏忽然產生了一種莫名其妙的好感了。

不過，我對自己並沒有多少信心，因為我內心的自卑，還有從前的那些失敗。所以，我沒有在余敏的病房裏過久地停留，因為我害怕自己對她的好感加深，害怕又一次的失敗。

只有我自己知道，昨天晚上的事情讓我更加地加深了自己的自卑心理，因為我覺得自己已經墮落了。

回到辦公室後心情有些鬱鬱。有時候，當希望與自卑同在的時候，鬱鬱的心境是必然會出現的。

發現蘇華也在辦公室裏，其他的醫生卻都不在。這種情況在科室裏很常見，因為有的會上手術，有的可能在病房裏查巡病人。

「沒事了。」我對她說。

她卻沒理會我，繼續匍匐在那裏寫著什麼。我頓感無趣，也不再去與她說話。

「馮笑，我想不到你竟然是那樣的人。」然而，我卻忽然聽到她發出了冷冷的聲音。

我莫名其妙，「學姐，你這話什麼意思？」

「你自己幹的事情，還需要我說嗎？」她依然冷冷地道。

我更加莫名其妙，「你究竟怎麼啦？我幹了什麼事情了？」

「你不是答應我不對科室裏的人講那件事情嗎？怎麼他們都知道了？」她冷冷地問。

我大吃一驚，「學姐，我真的沒告訴任何人啊？是不是病人告訴他們的？」

「明明是你故意那樣的。」她憤憤地道。

「學姐，你真的冤枉我了。我發誓自己沒對任何人講過。」我急忙地道，猛然地，我想起來了一件事情，頓時惶恐起來，結結巴巴地對她道：「學姐，我想起來了。這件事情是我沒注意。對不起。」

她這才抬起頭來看著我，臉上一片寒霜，「算你還有點良心。我還以為你會不承認呢。」

「不是的。」我急忙地道，「學姐，我真的不是有意的。那是在你給我打招呼前的事情。早知道這樣的話，我就自己去做那件事情好了。」

「什麼事情？」她問道。

我歎息道：「今天我去查房的時候，發現那個病人的傷口裂開了，於是就吩咐護士去準備縫合的器具。所以，我估計是那位護士講出去的。」

「那護士是誰？」她問，聲音已經不再那麼冷了。

「莊晴。」我說，腦海裏頓時浮現出那個小護士白皙小巧的臉龐來。

蘇華頓時不說話了。

「沒事的。反正你也沒什麼過錯和責任。」我安慰她道。

「冤冤相報何時了啊！」她卻忽然地歎息了一聲。

我看著她，有些不明所以。

「算了，不說了。以前是我多嘴。現在好了，人家報復我了。」她歎息道。

我卻不想去介入女人之間的事情，所以也就不再去問她。

我們科室女人居多，我指的是醫護人員。護士當然都是女的，醫生裏只有我和老胡是男人。科室裏與其他單位一樣，女人多了往往就會出很多事情，大都是為了一些雞毛蒜皮的事情發生糾紛。即使蘇華有著男人一樣的性格，但是今天我發現她也和其他女人一樣地多疑，而且喜歡斤斤計較。

老胡比我大十幾歲，已經是接近四十歲年齡的男人了。他性格溫和，面容慈祥，白白胖胖的臉上少有鬍鬚，戴上醫用帽子和口罩的時候，根本就分不清他的性別來，而且我發現他的聲音還有些尖利，像電影電視裏太監說話的聲調。

有件事情大家其實都心照不宣：男人在婦產科裏面幹的時間長了，都會趨於女性化。不過，這樣的話題在我們科室裏可是禁忌，因為說出來會很傷我們男醫生的尊嚴。其實我心裏也很不安，因為我也擔心自己今後變成了老胡那個樣子。不過我也不說，只是把這種擔心深深地埋藏在自己的心底。但是我時常會在心裏悲哀的，我會悲哀自己選擇了這個專業。

然而，我只有無奈，無奈地接受這個現實——除了看婦產科，我還能去做什麼？要知道，這可是我唯一的飯碗啊。何況我們的收入還很不錯。

現在我就忽然地想到了這件事情，所以心裏更加地鬱鬱。

中午吃過飯後，回到寢室休息了兩個小時，然後下午接著上班。

下午做了幾台人工流產手術。

人流手術本來是護士幹的活兒，但是對於我這種剛剛畢業、剛剛參加工作的人來講，這種手術卻是最基本的培訓。

我的第一個手術對象是一位剛結婚不久的女性。

門診已經對需要手術的她們做過檢查，今天的手術時間是昨天預約的。不過，在手術前我還是必須得再次檢查一遍，同時還得讓她們本人簽字。這既是規定，又是一種對她們負責的態度。

我們是三甲醫院，是教學醫院，對病人的每一個程序都有明確的規定，有時候這種規定近乎於僵化與苛刻。

「確定要做手術了嗎？」我看著面前這位瘦瘦的、白淨面孔的女人問道。

「嗯。」她低聲地道。

「我看了門診醫生的記載，你好像是第二次做人流手術了，而且你已經結婚。為什麼不要這孩子？」我又問道。

「還沒有準備好。」她回答。

「你的意思是說，你和你丈夫還沒有準備好要孩子是吧？」我問道。

她點頭，「是的。我們的工資都很低，而且還沒有房子。」

我心裏頓時歎息，於是將手術通知單放到她面前，「簽字吧。不過今後你可要注意了，這樣的手術做多了的話，有可能造成不育的。你們應該隨時做好避孕措施。做一次手術，子宮壁就越薄，今後就很容易出現自然流產。明白嗎？」我柔聲地對她說道。

「嗯。」她的聲音很細小，「我們也是沒辦法，一家幾代人擠在一個屋子裏，每一次都只能悄無聲息地完成。所以……」

我更加感歎。「你睡到檢查床上去，在手術前我還得給你做一次檢查。」我吩咐她道。隨即我讓護士給我準備檢查用的器具。

隨後我開始給她進行細心檢查起來——

首先檢查她的外陰——陰毛呈尖端向下，三角形分佈，大陰唇色素沉著，小陰唇微紅，會陰部位無潰瘍、皮炎、贅生物及色素減退，尿道口周圍黏膜淡粉色，無贅生物。處女膜有陳舊性裂痕。我吩咐她向下屏氣，沒有發現有陰道前後壁膨出、子宮脫垂或尿失禁等出現。

第二步是陰道檢查——陰道壁黏膜已經變為懷孕期間特有的紫藍色，有皺襞，無潰瘍、贅生物、囊腫、陰道隔及雙陰道等先天畸形。陰道分泌物呈蛋清樣，無腥臭味，量少。

隨後檢查她的子宮頸。子宮頸周邊有隆起，中間有孔。其子宮頸呈圓形，質韌，肉紅色，表面光滑，這說明她還是一位未產婦，因為已產婦的子宮頸會呈「一」字形。

最後一步是子宮及附件檢查。她的子宮呈倒梨形，前傾前屈位，質地中等硬度，活動度好。卵巢及輸卵管可活動，觸及後她說略有酸脹感。這一步的檢查主要是要明確子宮的位置，以便於下一步手術的操作。

檢查完畢後發現沒有什麼大的問題，於是吩咐她躺到手術台上。

「確定了嗎？真的要手術？」我再一次地問她道。

她沒有回答我，我站在手術台的旁邊靜靜等候她做出最後的決定。其實我的內心是知道的：現在的她一定很痛苦。

我在心裏微微地歎息了一聲，隨即吩咐護士開始手術。

吩咐她仰臥平躺，分開雙腿，將雙腿放置於腿架上。這是醫學術語中的「膀胱截石位」。這樣可以充分暴露會陰，便於會陰部的檢查或手術。

她的身體在顫抖，我知道她這是害怕。

「別抖！現在知道害怕了？早幹什麼去了？」我身旁的護士呵斥她道。

我急忙制止住了護士對她的呵斥，隨即柔聲地道：「別緊張，一會兒就好。我會儘量輕一些的。」心裏不禁感歎：為什麼女人往往不能同情自己的同類呢？

「開始吧。」見她慢慢地平靜了下來，我才吩咐護士道。

護士去給她的外陰蓋上無菌孔巾。我再次復查她子宮的位置、大小及附件，心裏有數之後，用窺陰器擴開她的陰道，拭淨她陰道內的積液，子宮頸頓時被暴露了出來。接下來給其子宮頸及頸管消毒，隨後用子宮頸鉗夾子宮頸前唇，將探針依子宮方向探測子宮腔深度，用子宮頸擴張器輕輕擴張宮口。

完成了這一切後，便開始刮子宮——將吸管與術前準備好的負壓裝置連接，然後依子宮方向將吸管徐徐送入子宮腔，達子宮底部後，退出少許，尋找胚胎著床處。鬆開負壓瓶裝置上的夾子，感覺有負壓後，將吸管沿逆時鐘方向旋轉，上下移動，隨即便感到有東西流向吸管……

她開始在痛苦地呻吟。

我很理解，因為手術的這個過程確實是病人最痛苦的時候。這時候病人會感到腹部脹痛，甚至會出現撕心裂肺般的痛苦。與此同時，我也感覺到了她子宮在開始收縮。

「忍住，馬上就完了。」我依然柔聲地對她道，「手術已經做完了，不過我還得檢查一下，因為我必須給你刮乾淨，不然的話，會出現大出血的。」

她的嘴緊緊地閉著，臉色更加蒼白了，汗珠佈滿了她瘦削的臉龐。

將探頭仔細地在她子宮內探尋了一遍，手上的感覺告訴我：乾淨了。

用消毒紗巾輕柔地揩拭完她的外陰，「護士，麻煩你扶她起來休息一下。」

她艱難地從手術床上下來了，護士攙扶著她。我轉身去到外邊，身後忽然傳來了她細細的、充滿感激的聲音：「謝謝您。」

我轉身朝她微笑，「回去好好休息。」

我的心裏是悲哀的，因為我見得太多的女性的痛苦了。一直以來我都有一種感歎——上天在把美麗賦予女性的同時，卻又給她們創造了很多痛苦。

無法終止妊娠的原因

「沈小姐，對不起，你今天不能做手術。」
我在心裏歎息了一聲後對她說道。
因為我想不到這麼漂亮、而且擁有如此美麗器官的
一位女性竟然患有那樣的疾病，
我忽然想到了一樣東西——蘑菇，鮮豔美麗的蘑菇，
據說它們越漂亮、毒性也就越大。

寫完了手術記錄的時候，病人已經離開了。

「下一個。」我對護士說道。

不一會兒便進來了一位漂亮的女性。我很奇怪，因為這是我第一次去注意自己病人的容貌。

「怎麼是一個男醫生？」漂亮的她卻在我面前驚訝地道。

這樣的事情作為婦產科的男醫生經常遇到。所以我並不覺得尷尬，只是微微地朝她笑了笑，「旁邊那個手術室裏上班的是女醫生，需要我幫你聯繫一下她嗎？」

她頓時怔住了，隨即笑道：「沒什麼，我只是剛一看到你有些詫異。」

從她的說話中，我看出她是一個性格開朗的人。不過我的工作性質要求我在這裏必須保持穩重，「請坐吧，把你的門診病歷拿來我看看。」

她來到了我辦公桌的對面坐下，很明顯有些緊張的樣子，因為她似乎不知道該把她的雙手放到何處。我朝她再次微微地笑，「請把你的病歷給我。」

她自嘲地笑了笑，「哎！我還是第一次在婦產科遇到男醫生。不好意思，這，給你。」她說著便從包裏拿出門診病歷朝我遞了過來。

我隨意地看了一眼病歷的封面——沈丹梅，女，二十八歲。

只是在病歷的封面上停留了一瞬，隨即翻到了裏面。有記錄的只有幾頁：第一頁是半年前，黴菌性陰道炎，第二頁依然是黴菌性陰道炎一個月前到我們醫院門診。第三頁是最後一頁，看記錄是昨天，從上面記錄的資料來看，診斷很明確——早孕。

「確定要手術？」我還是按照程序去問她。

「嗯。」她點頭。美麗的雙眼在看我，我覺得她的眼神有些怪怪的，但是卻一時間說不出她的眼神究竟有什麼不對勁。

「第一次懷孕吧？為什麼不留下孩子？」我問道。

「我還沒結婚呢。不能要。」她回答。

我點頭，覺得她的這個理由已經不再需要我勸她了。不是嗎？沒結婚的女人怎麼能要孩子？不過我覺得還是該提醒她，「今後一定要注意安全措施，要注意愛惜自己的身體。這樣的手術畢竟對身體是一種創傷，而且多次做了可能造成不孕。」

她看著我，眼神依然是怪怪的，不過現在的這種怪與剛才的又不一樣了，「我知道了。」她低聲地道。

「到手術台上去吧。我在那上面給你先做檢查。」我吩咐她道，隨即去看了護士一眼。

護士過來對她說道：「請跟我來吧。」

「需要脫褲子嗎？」她問道。

我一怔，因為我沒有想到她竟然會提這樣低級的問題。「當然。」不過我還是回答了她一句。

她卻忽然笑了起來，「我說錯了，我本來是想問需不需要脫衣服。」護士在旁邊笑，估計她也是第一次遇到這樣的情況。其實我也忍不住想要笑的，但是我竭力地忍著，微微地笑著對她道：「不需要的。」

護士帶著她去到了手術台上，我去洗手戴塑膠手套。不知道怎麼的，我忽然地想笑，但是卻不敢笑出聲來。我強忍著，笑卻埋藏在自己的心裏，它在我的身體裏四處亂竄，我的身體頓時顫抖起來，這是笑不能發洩出來的結果。這種結果讓我很難受。

快速地朝手術室裏跑出去，因為我發現自己已經不能克制自己的笑了。我跑到了廁所，身體裏堆積的笑頓時如同決堤的江水奔瀉出來——「哈哈！」

我在廁所盡情地笑。

猛然地，一個男人從廁所的一格蹲位裏走了出來，他詫異地看著我，滿臉的疑惑、驚懼。

我不禁汗顏，慌忙地從廁所裏跑了出去。

他肯定把我當成精神病了。我不禁苦笑。

說實話，這個病人的外陰很完美。

作為婦產科醫生，在一般情況下我們是不會去注意病人們的那個部位的美與醜的，但是今天，我卻真切地看到了一種美。

我是醫生，當然認為女性的美除了漂亮之外，健康才是第一位的。就我而言，在一般情況下不會去注意女性的外貌，因為我是婦產科醫生，在我的眼裏只有她們最直接的器官，還有她們那些器官上所附著的疾病。在我對她們進行疾病檢查與診斷的過程中也不會過多地去注意她們那個部位的具體形狀與美醜。在我的眼裏，它們僅僅是一個器官而已。僅僅是這樣。

見得多了，也就越加麻木。

從醫學上講，我們認為漂亮、健康的女性外陰標準是：小陰唇中部的寬度在兩釐米以內，其曲線自然美觀，內面呈粉紅色，頂部與外側為褐色與黃褐色……

但是，現在我眼前的這個病人的外陰卻完全與眾不同，因為，它太漂亮了，漂亮得像一朵花似的在那裏綻放。

當然不是尖銳濕疣。尖銳濕疣是一種疾病，是病毒類的感染，是菜花樣的改變，這種改變看上去會讓人覺得噁心。但她不是，她真的是一種健康的美，而這種美卻是我從來沒有見過的。

不過我僅僅是覺得它很美，並沒有產生一絲一毫的邪念。或許是覺得罕見與奇怪。

我輕輕去分開了她那美麗的粉紅色的花瓣，仔細檢查是否有什麼異常的東西。當然，這純粹是一種慣例——教科書上、老師教過我們必須這樣。在我的心裏早已經把它當成了一種完美。

我輕輕地分開它，分開那如同花瓣一樣的突出在外陰之外的那一簇粉紅色……猛然地，我發現在它們的裏面，幾粒白色的點狀物駭然地出現在了我的眼前！

我開始以為是自己的眼睛看花了，在眨巴了幾下眼之後，我確信自己並沒有看錯，而且很快就確定了她所患的是什麼樣一種疾病。

尖銳濕疣是由不潔性行為引起的一種常見性病，也可能因為接觸被污染的衣褲、便器等間接傳染。一般來講，尖銳濕疣在未治癒之前是不宜作人流的。因為人流會使子宮內膜受到創傷，使病毒有可能入侵，從而發生感染，出現病毒性子宮內膜炎和輸卵管炎等。發生盆腔感染後，可有發燒、下腹部疼痛並向腰部放射，陰道有血性和膿性分泌物流出。如果說急性期症狀治療不徹底，病轉為慢性，不僅會引起不孕，而且，還會嚴重影響身心健康。患尖銳濕疣的孕婦，只有將性病治癒才能終止妊娠。

「沈小姐，對不起，你今天不能做手術。」我在心裏歎息了一聲後對她說道。

我心裏歎息是一種失望，極度的失望。因為我想不到這麼漂亮、而且擁有如此美麗器官的一位女性竟然患有那樣的疾病。這一刻，我忽然想到了一樣東西——蘑菇，鮮豔美麗的蘑菇，還有自然界其他的那些漂亮的動植物。據說它們越漂亮、毒性也就越大。

她卻不明所以，詫異地問我：「為什麼？」

「沈小姐，你患有性病。應該是尖銳濕疣的初期，現在還僅僅是皰疹，時間長了會更嚴重。在目前的情況下，是不合適做手術的，因為那樣容易造成你更大範圍的感染。」我朝她解釋道。

「什麼?!」她的聲音驟然變得大聲與驚惶了起來。

一下午做了五台同樣的手術。如果不是發現那位叫沈丹梅的病人患有性病的話就得做六台。門診醫生沒注意到她的那個問題，我估計是病人太多的緣故。

她穿上了褲子，再次坐到了我辦公桌的對面。

「我再看看你的病歷。」我對她說。

現在的她已變得臉色蒼白、不知所措起來，再也沒有了剛才那種自信的神態。剛才，在她剛剛進入到這裏的時候很開朗的樣子，我估計是因為她的漂亮讓她有了那種自信的神態。美麗的女人大多都很自信的，這一點我早有體會。

「病歷？」她問我道，明顯地有些魂不守舍。

我點頭，「我看看。」

她不知道的，我其實想要看的是昨天究竟是誰給她看的門診。

她將病歷遞給了我。我裝模作樣地細細去看。其實，當我翻開那一頁的時候就已經看見了，那是昨天上午，蘇華的名字。

我還是認為是因為門診病人太多了的緣故，當然，蘇華男朋友回來也可能是其中的原因。不管怎麼說，這件事情還是不要聲張的好。所以，我覺得有必要一會兒對護士講一下這件事情。

「醫生，怎麼辦？」現在，病人坐在我面前很著急了。

「必須抓緊時間治療。不然，孩子大了可就麻煩了。」我對她說。現在，我不會再要求她儘量考慮保留孩子了，因為她不但沒結婚，而且還患有這樣的疾病，很難說她肚子裏的孩子不會被感染上。但是，病毒感染引起的性病卻是一件相當麻煩的事情，因為目前全世界都還沒有可以完全治療好病毒的藥物。

「醫生，麻煩你給我開點藥吧。輸液也行。」她懇求我道。

我點頭，「開藥可以，不過你這病治療起來有些麻煩。一是要服藥，二是要增強機體的抵抗力。此外，還要用鐳射或者液氮燒掉你那裏面的皰疹。」

「這麼麻煩啊？」她喃喃地道。

「是很麻煩。不過你也不要緊張，這不是什麼大不了的疾病。」我還得安慰她。

「醫生，我今後就來找你幫我看病好嗎？我覺得你和其他醫生不一樣，不但很負責任，而且還很細緻。」她說。

「先吃藥。我馬上給你開。」我沒有答應她，因為我今天的所作所為都是出於一個醫生的職責。

她沒再懇求我了，拿了處方後離開。

下一個病人進來了。而我卻完全忘記了給護士打招呼的事情。

下班的時候我也沒有想起來這件事情，因為我接到了一個電話。「晚上到我家裏吃飯。我等你。」電話是趙夢蕾打來的。

她的這個電話讓我心緒紛繁、為難萬分。雖然在電話上答應了她，但是我內心的猶豫與為難卻只有我自己知道。

我猶豫和為難的原因只有一個，那就是我並不想再去她那裏，但是卻又不好推卻。因為我和她畢竟已經有了那樣的關係。

下班後我還是去了，這是我一個下午思想鬥爭的結果。我感覺自己像一隻猶豫的飛蛾，在燈光的周圍盤旋許久之後，還是迫不得已地朝那一片火光撲去……

其實我是很矛盾的。現在，我猛然地覺得自己與趙夢蕾有了那天晚上的第一次之後便難以自制了，她如同鴉片般地讓我難以抗拒。明明知道她是鴉片，但是卻止不住地要去再一次地吸食。你怎麼變成這樣子了？我在心裏責怪我自己。

這是一種自然，是一種本性。在痛苦掙扎之後，我又對自己說道——人自生下來，飲食起居，皆需成人教授，唯男女苟合，無師自通。與女人交合猶吸食鴉片，一旦初試雲雨，容易上癮，產生依賴，終身欲罷不能。醫學上講，這是人的末稍神經被過度刺激在大腦皮層的正常反映。也就是說，人本無過，罪在自然。

說服了自己，於是便義無反顧地朝趙夢蕾家裏而去。在去往的路上，我再也沒有把自己當成飛蛾。我在心裏告訴自己說：你是去見自己思戀多年的夢中情人，這也是一種愛情。

然而，當我到了她家門口時，卻忽然猶豫了，在我準備摁下門鈴的那一瞬間。右手的食指剛一接觸到門鈴的按鈕，便猛然如同觸電般地退縮了回來。馮笑，你不能一錯再錯了！

於是，我開始在她家門前彷徨。也許，不知道情況的還以為我是這家的主人，因為丟失了鑰匙什麼的，或者是一位正遇到了某個難題的學者正在思考問題呢。

我繼續在彷徨，在她家的門外不住地踱步，因為我實在不忍離去。也不完全是不忍，而是我感覺到她家的那道門如同磁石般地在猛烈地吸引著我。

猛然地，我聽到電梯到達這一層樓的提示音，隨即便有了腳步聲，頓時慌張起來，轉身就準備朝電梯處跑去……

「馮笑！」可是，就在這一刻，趙夢蕾打開了她家的房門，她在叫我。

我慌忙地轉身，看見她正風姿綽約地站在她家的門口處，美麗的笑容燦爛地在她臉上綻放。

頓時明白了，她，她一直在那道防盜門裏的貓眼處觀察我！

一定是這樣！

剛才從電梯那裏傳來的腳步聲並沒有過來，而且去到了樓道的另一側。我頓時鬆了一口氣，不過背上卻早已經濕透了。

於是我朝她尷尬地笑。

「看你，怎麼熱成這樣了？」她朝我走了過來，挽住了我的胳膊、嬌癡地對我說了一句。

我跟著她進去了，不過我感覺到了，自己的身體很僵硬。

我身體的每一塊肌肉都是緊繃著的。

「砰」地一聲輕響，她家的門被她關上了，現在，在這個空間裏就只有她和我。裏面是涼爽的空氣，還有她臉上溫柔的笑。我的身體不再緊繃，每一塊肌肉也在猛然間恢復到了它們自由的狀態。

「去洗個澡吧。」她在對我說。

在剛剛經歷了那個緊張與尷尬的過程後，我還一時間沒有讓自己的頭腦清醒過來，以至於對她的話失去了反應。

她「噗哧」一聲笑了起來，「難道還要我去給你洗嗎？」

「洗澡？好啊。」這下，我終於反應過來了。

「真的要我給你洗澡？嘻嘻！」她頓時笑了，一個熱吻猛然間印在了我汗津津的臉頰上面。

她的這個吻讓我的靈魂完全地回到了我的軀體裏，這一刻，內心的矛盾與彷徨猛然地去到了九霄雲外，剩下的只有情欲，而且它已經猛然地被她撩撥了起來……

她給我洗的澡，像妻子一樣的溫柔。雖然我還不曾結婚，甚至連女朋友也沒有過，但是我卻想像得到當自己有了妻子，或者別的已經結婚了的男人的妻子們應當表現出來的那種溫柔。

她給我洗澡的過程中，我反倒沒有了情欲，因為我的內心已經被她的溫情填滿了。隨後，我們一起吃了飯，當然也喝了點酒。接下來她洗完，我看電視。再然後我們一起去到了她的臥室。整個過程都像夫妻一樣的那麼自然。這次我是第二天早上離開她家的，因為在我與她歡愛結束後便睡著了，一覺睡到天亮。

早上醒來的時候，她已經做好了早餐。吃完飯後我才離開了她的家。出了她家的門、坐電梯下樓、然後去到馬路邊坐車。在這個過程中我有一種夢幻般的感覺。當我到達醫院大門的時候才清醒過來——馮笑，你怎麼能這樣呢？這一刻，後悔和害怕才開始同時襲上心頭。

不行，你不能這樣了。我在心裏告訴自己道。

余敏的傷口在被我重新縫合後情況還不錯，雖然還有些發紅，但是卻沒有再次崩裂的跡象。在檢查了其他病人後，我開始去給她換藥。

「還咳嗽嗎？」我一邊清洗她的傷口一邊問道。

「不怎麼咳了。謝謝你。」她說，隨即淺淺地笑，「馮醫生，看來你是對的，我不再去想咳嗽的事情就好多了。謝謝你去幫我借的書。」

「沒什麼。不過，你還是得隨時注意，有什麼情況的話，隨時告訴我好了。」我柔聲地對她道。

「現在就是覺得傷口有點癢。」她皺眉說，「有時候癢得很難受，忍不住要去搔傷口的地方，但是搔的時候又覺得很痛，而且我還擔心傷口再次出現問題。」

「癢，表示傷口處在長肉了，是癒合的表現呢。」我笑著說，「千萬不要去搔，實在受不了的話，輕輕摁壓一下就可以了。」

「嗯。」她說。

「你的家人呢？」我問道，「你一個人在這裏住院，吃東西、上廁所怎麼辦？」

「我都是請護士幫忙的。」她黯然地道，「我的家不在這裏。」

「你男朋友呢？」我又問道。她是子宮外孕，這就說明她一定有男人的，不然的話怎麼可能受孕呢？要知道，子宮外孕也是受孕啊，只不過孕錯了地方罷了。

「他，他走了。」她回答，眼角開始有淚水淌下。

我頓時黯然，後悔自己剛才的那個問題。

「好好休息吧。」我不再問她了，而且這時候我已經給她換完了藥。隨即準備離開，卻聽到她忽然地叫了我一聲：「馮醫生……」

我站住了，微笑著朝她看。

「哦，沒什麼。」她說，臉上不好意思地在笑。

我朝她繼續地微笑，轉身再次準備離去，然而，她的聲音卻再次傳來：「馮醫生，你什麼時候夜班啊？」

我轉身，「什麼事情？」

「隨便問問。」她說，臉上一片羞意。

「明天晚上。」我回答。

「馮醫生，你夜班的時候可以來陪我說說話嗎？」她低聲地問我道。

不知道是怎麼的，這一刻，我的心裏忽然升騰起一種溫柔的情緒，「好的。」

我朝她點了點頭，柔聲地道。

「謝謝！」她的聲音頓時高興起來。

當天下午，趙夢蕾又打了電話給我，但是我拒絕了。我的理由很充分：今天晚上導師過生日。隨即我還告訴她：「明天晚上我夜班。最近可能都會很忙。」

「你開始厭煩我了是不是？」她問道。

「別這樣說。」我沒有對她說「不」，因為我實在說不出口，而且我也不是真的厭煩她了，而是因為自己對自己的自責。不管怎麼樣，她可是已婚的人啊，我不想讓自己繼續這樣下去。

而今天我的那位病人，她的話讓我的心裏頓時蕩起了一陣漣漪，我感覺到了她對我的好感。所以我就想：如果自己儘快找到一位屬於自己的女朋友的話，那麼我與趙夢蕾的那種不正當關係才可以真正地結束。

當趙夢蕾說到「你開始厭煩我了是不是？」這句話的時候，我心裏頓時浮想起來，「別這麼說，」我說的時候依然在想，「我最近真的太忙了。」

她當然不知道我內心的真實想法，所以她頓時笑了起來，「那好吧。你忙完了後隨時給我打電話。」

我聽得出來，她的心情是愉快的，因為她的聲音裏有一種輕鬆快意的成分。

唯有歎息。

當天晚上吃過飯後，我直接去到了病房。我的集體宿舍太悶熱，而病房裏有空調。當然，這是我自己給自己找的理由。不過我確實發現自己竟然在短短的兩天之後就不再習慣自己原先的住處了。以前覺得集體宿舍裏面雖然悶熱，但是只要有電扇的話還是可以忍受的，但是今天我卻發現自己竟然忍受不了那種悶熱了。我估計是最近兩天晚上一直待在趙夢蕾家裏的緣故。她的家裏，空調隨時都是開著的。

所以，我去到了病房。悶熱當然是一個原因，而我的內心只有我自己知道——我想去與那位叫余敏的漂亮女病人說說話。

首先去的是醫生辦公室，從抽屜裏拿出一本《婦產科學》胡亂翻閱。這是裝模作樣。

「馮醫生這麼刻苦啊？」值班醫生見到我認真看書的樣子頓時表揚起我來。

「寢室太熱，實在看不下去書。」我苦笑。

「馮醫生，我們科室的收入不低了吧？怎麼不自己去買套房子啊？何必擠在那間小小的集體宿舍裏呢？」值班醫生笑著對我說道。

「好幾十萬呢。我哪來那麼多錢？」我不禁咋舌。

「你傻啊？貸款啊。」她看著我，像在看一個外星人似的。

「我連女朋友都沒有，買房幹什麼？」我隨即苦笑道。

「馮醫生，我覺得你把問題思考反了。」她看著我說道，表情嚴肅，「你應該這樣想，現在你的收入不錯，如果有了房子、然後又有了車子的話，找女朋友還不容易嗎？女人都很現實的。呵呵！馮醫生，雖然你也是婦產科醫生，但是你只知道她們的身體，卻不明白女人們的內心啊。更何況，人都得為自己活著不是？這個城市夏天這麼酷熱，你何苦要去受那種罪呢？」

「有道理啊！」這一刻，我猛然地有了一種醐醍灌頂的感覺。

值班醫生其實也很無聊的。我估計她今天可能沒有新進的住院病人，而已經在病房裏的病人們的情況都很良好，所以她才顯得很無聊，才這麼興致勃勃地與我聊天。不過，我心裏卻開始慢慢厭煩起來，因為我今天到病房來可不是為了陪她的。

於是，我開始慢慢地、一次又一次地將自己的眼神去到了我面前的那本書裏。終於，許久之後，談興正濃的她終於注意到了我眼神不住去往的方向，「馮醫生，你要看書啊。對不起啊，我耽誤了你這麼久。」

「沒事。主要是我最近得完成一篇論文，老師規定的任務。」我急忙地道。

「你不是已經畢業了，而且已經上班了嗎？」她問。

「老師要求我考在職的博士。」我說，隨即又去看書。我可不希望把目前的大好形勢又轉移到閒聊上面去了。

「前途遠大啊，馮醫生。」她朝我笑，「好啦，我去看病人了，你看書吧。」

看著她離去的背影，我不住地苦笑。她是屬於「文革」後的第一批大學生，業務能力倒是不錯，但就是理論上上不去，所以在職稱問題上始終在主治醫師的位置上難以動彈。現在，她似乎也已經灰心了，所以平常在上班的時候只要有空閒就去和那些護士們聊天，時間長了便開始變得嘮叨、瑣碎起來。如果脫下了白大衣的話，她應該和那些居委會的大媽一個樣。

她為人其實很不錯的，就是對病人的脾氣差了一點。她叫鍾小紅，很「文革」的名字。

鍾小紅離開後，我繼續在辦公室待著。眼睛雖然一直在自己面前那本書上，但是書上的一個字都沒有進入到自己的腦海裏，即使到了眼睛裏也是一片模糊。

不知道是怎麼的，現在我卻有些猶豫了：我是去余敏的病房呢還是不去？我發現，自己今天與往常不一樣了。因為往常我僅僅是一位醫生，而今天晚上，我卻多了一份心思。

最後，我還是說服了我自己。於是我起身去往她的病房。對了，我一直沒有講，余敏是住單人病房，由此可以看得出來她的家境應該很不錯。也正因為如此，我才對她充滿著一種好奇：家境這麼好的一個女孩子，怎麼連住院都沒有人來看望和陪同呢？要知道，她可是子宮外孕，很危險的一種疾病，稍微遲一點被送到醫院的話，可是要死人的。

在病房的過道上碰上了鍾小紅，她問我道：「怎麼？不看書了？」「我去看看我的病人。」我內心有些莫名的慌亂，急忙地道。「我都看過了，沒事。」她說，隨即站在了我的面前不動。「看書看累了，順便出來走走。」我急忙地又道，隨即側身從她面前走過。我真的很擔心再次被她抓回去聊天。

我完全可以感覺到自己身後的她那雙詫異、狐疑的雙眼在看著我。我沒有轉身，直接地往前走，但是卻沒有聽見自己身後傳來腳步聲。我知道，她可能一直站在那裏注視著我。

這個人，真愛管閒事！我心裏很是不悅。

不過，這樣一來我卻不好意思直接去往余敏的那個病房了，只得一直朝前走，走到一間住有三個人的病房門口後才去推門。

終於聽到身後的遠處傳來了腳步聲。

大病房裏很暗，因為只有一盞日光燈開著。

裏面也很靜，因為住院的人心情都不大好，所以一到晚上就開始睡覺了。當然，護士也不允許她們在病房喧嘩。

進去後我看了一圈，發現裏面的人都沒有注意到我，於是急忙地從病房裏退了出來。

樓道裏已經是靜悄悄的了，也沒有人在那裏走動。我心裏大喜，隨即緩緩地朝余敏的病房走去。

到了她病房的門口，我卻猛然停住了自己的腳步。這一刻，我發現自己的心臟竟然猛烈地在開始跳動，忽然地覺得心慌。

多年前，當我還在念高中的時候，當我每次看見趙夢蕾出現的那一刻都會出現這樣的狀況，想不到的是，今天，現在，這一刻，我再次地有了久違的、同樣的慌亂和急促的心跳。

我卻知道不能這樣呆呆地站在病房的門外，這要是被值班醫生或者護士看見了的話，可是要被人說閒話的。即刻地深呼吸、抬手輕輕地敲門。在婦產科，特別是這樣的單人病房，即使我們醫生進去前也應該敲門的。當然，女醫生和護士不需要。

可是，我沒有聽到裏面傳來聲音。

緊張與慌亂頓時沒有了，急忙地將病房的門推開……

病房裏的燈是開著的，而病床上的她卻已經熟睡。她沒有蓋那張薄薄的床單，身著病號服側身躺在病床上，一隻手上還拿著書，露出白藕般的胳膊。

現在已經是深秋，外邊雖然依然有些悶熱，但病房裏的空調卻開得有些低。我走了進去，去到了她身側，準備將床單撩起來蓋在她的身體上，但是卻發現有一半被她給壓住了。於是輕輕拍了拍她的肩，她頓時翻身，我順勢將那張被她壓住的床單扯了出來，然後輕輕地蓋在了她的身上。

人在睡眠中如果有人輕輕拍打其肩部或者背部的話．就會極其自然地出現翻身動作的。據說這是動物的本能。即使是作為醫生，很多人也並不知道人的這一特性。我知道的原因卻是因為發生在我同學的一件事情上。

有時候小偷是很聰明的，因為我同學遇到的那個小偷就知道人的這一特性，所以他得手了，而我的同學卻損失慘重。

我那同學是搞銷售的，一次出差坐輪船，晚上睡覺的時候擔心自己身上的幾萬塊錢被人家偷走，於是將它們用布袋裝好後放到了枕頭底下，然後便以為很安全了。可是第二天早上醒來的時候，卻發現枕頭下面的布袋不見了，他這才依稀地記得自己在睡覺的時候好像有人拍打過他的肩膀。

現在，當我發現余敏已經睡著、而床單卻被她壓在身下的時候，頓時想起了那位同學的事情來。她果然翻身了。

看著她美麗的正在熟睡的面容，我心裏歎息了一聲，然後慢慢地朝病房外邊走去，正準備將病房的門拉上，卻忽然聽到了她的聲音，「是馮醫生嗎？」

我沒有想到她會忽然醒來，頓時僵在了那裏。

「馮醫生……」她卻繼續在叫我，聽她的聲音似乎清醒了許多。我轉身，朝她擠出笑容，「我到病房來看書，隨便來看看自己床上的病人們。發現你沒蓋床單，所以……」

「嘻嘻！你床上的病人？」她朝我笑，日光燈下的她顯得越發的白皙、美麗。

我這次發現自己的口誤。其實也不是口誤，「我們醫生都這樣說。」我慌忙地道，頓時有些尷尬起來。我覺得現在好像她成了醫生，而我卻變成了病人似的。

「馮醫生，我還是第一次看見你這樣不好意思的樣子呢。」她依然在笑，很俏皮的樣子，「嘻嘻！我怎麼覺得現在我反而像你的醫生了？」

我苦笑，「這可是婦產科。」

「哈哈！」她大笑，隨即便輕呼了一聲，很痛苦的聲音。

「別大笑！傷口再次崩裂了可就麻煩了。」我慌忙地道。

「就是你嘛！」她嬌嗔地道，「對了馮醫生，你不是明天才值夜班嗎？今天怎麼也跑到病房來了？」

「我不是說了嗎？我到病房來看書。」這一刻，我有一種被她看穿的尷尬和恐慌。

「我不是這意思。」她卻說道，「我的意思是說，既然你今天不值夜班，幹嘛不去陪你老婆啊？」

我不禁苦笑，「老婆？我連女朋友都還沒有呢。」

她張大著嘴巴看著我，很詫異的樣子，「不會吧？」

我頓時笑了起來，「我幹嘛騙你？我一個婦產科醫生，誰會和我戀愛啊？」

我真的笑了，因為我發現我們在不知不覺中已經將話題轉移到我期待的這個上面去了。

可是，我頓時黯然起來，因為她接下來說了一句：「是啊。很多女孩子是不能接受這一點的。作為女性，現在讓男醫生給自己看病已經不再那麼排斥了，但是要讓男婦產科醫生當自己的老公還是有很大的顧慮的。」

這一刻，我滿心的希望頓時化為泡影，我沒有想到她竟然也是一個有著同樣顧慮的人，頓時腦子裏一片空白，嘴裏喃喃地道：「是啊……」

「馮醫生，如果你沒事的話，陪我說說話好嗎？」耳邊卻聽到她在對我說道。

我的興趣已經索然，「我還要去看書呢。」說完後轉身準備離去。

「你別走啊，我給你介紹一個女朋友怎麼樣？」她卻叫住了我。

我搖頭，「算了。沒人會喜歡一個婦產科男醫生的。」

「不一定啊。這樣，我明天把她叫來，你看看怎麼樣？」她卻很熱情。

我哭笑不得，「真的算了。」

「那女孩子很漂亮的。對了，馮醫生，你喜歡什麼類型的女孩子？你告訴我，我幫你好好挑選一個。」她依然熱情。

「……」我看著她，有一種不知所措的尷尬。

「說啊。」她在催促我。

「給我介紹的人多了去了。以前。」我說道，心裏一片黯然，「都不喜歡我的職業。我還是想自己找一個。我覺得別人給我介紹女朋友就好像是在給動物配種似的，感覺不舒服。」

我也不知道自己為什麼忽然大膽起來，竟然在她面前說出了這樣的話。也許是已經對她不再有所求的緣故吧？

她瞪大著雙眼看著我，一瞬之後，再次大笑了起來。

接著卻又是一聲痛苦的輕呼。

「怎麼樣？」我急忙地問她道。

「好痛……」她呻吟道。

「快躺下，我看看你的傷口。」我在這一瞬間又回復到了醫生的身分。

她平躺了下去，撩起自己的衣角，我輕輕揭開她傷口處紗布的膠布，發現傷口倒是沒有崩裂，不過卻有些紅腫，「發炎了，怎麼回事？」我問她道。

「你是醫生呢。」她說。

我頓時笑了起來，隨即又仔細看了看她的傷口處，還有她傷口旁邊白皙的肌膚，問道：「你洗澡了是不是？」

她搖頭，「我根本就動彈不得，怎麼洗澡啊？」

「怎麼會發炎呢？抗生素一直給你用著的啊。」我很納悶。

「我用濕毛巾揩拭了自己的身體。這算嗎？」她問。

「傷口處被打濕了嗎？」我問。

「好像是被打濕了。」她說。

「我說嘛。」我隨即責怪她道，「傷口處不能沾水。知道嗎？」

「可是，我一天不洗澡就覺得很難受的。」她說。

「難受也得忍著。傷口感染後會更難受的。」我說道，「你等一下，我去拿酒精來給你消消毒，一會兒讓護士給你輸抗生素。」

「又要輸液啊？好煩啊。」她頓時叫了起來。

她的模樣很可愛，像孩子似的，我在心裏歎息了一聲然後走了出去。

我去到治療室尋找酒精和紗布，還有其他一些換藥需要的東西。正忙著，聽到身後傳來了鍾小紅醫生的聲音，「馮醫生，在幹什麼呢？」

「我一個病人的傷口有了輕微感染，我去給她換藥。」我轉身笑著回答她道。

「哦。馮醫生真是敬業啊。」她笑道，「馮醫生，一會兒你忙完了，我想給你說件事情。」

「行。一會兒我到辦公室來。」我應答道。

她「拖拖拖」地離開了，我發現，她的腳步聲也與她的性格一樣顯得懶懶的。

笑著搖了搖頭。

用棉籤沾上酒精、輕輕地朝她傷口處抹過去，兩次過後又換一支棉籤。她的傷口在酒精的作用下更加的紅了，這很正常，是因為酒精的擴血管作用。

「馮醫生，好舒服啊。涼涼的，有丁點痛。不過這種痛很舒服。」她笑著說。

「傷口處只能用酒精清洗，不要沾水，明白嗎？」我說道。

「那，今後每天你都來幫我這樣清洗好嗎？」她請求我道。

「那可不行。天天這樣的話，傷口受到刺激後會形成疤痕的。」我回答說。

「看來什麼事情都是一分為二的啊。」她歎息道。

我頓時笑了起來，「想不到你還是一個哲學家。」

「我只是有感而發罷了。」她頓時也笑了起來。

清洗完了她的傷口後，將一張新紗布輕輕放在她的傷口上面，然後替她黏上膠布，「好了。今後一定要注意了。」

「馮醫生，」她忽然叫了我一聲。我看著她，「說吧，什麼事情？」

「今天晚上真的要輸液嗎？」她問道。

「如果你想早點出院的話，就必須馬上輸液。」我說。

「那你一會兒可以過來陪我說話嗎？」她又問。

「一會兒我得回去休息了啊，明天還得上班呢。」我說，不過心裏有些軟軟的。

「馮醫生，我求求你了好不好？晚上來陪我說會兒話吧，不然我會瘋掉的。」

她哀求我道。

我頓時笑了起來，「今天又不是你來的第一個晚上，怎麼就不能一個人待在病房裏了？早知道的話，你應該去住大病房啊，那裏人多。」

「又不是我要住這裏的。」她嘀咕了一聲。

我笑著搖了搖頭，然後離開。身後卻傳來了她的聲音：「我知道你一定會來陪我的，是不是？」

她的聲音嗲嗲的，我怔了一瞬，然後邁步走了出去。

小三的坎坷路

沒想到這麼漂亮的一個女孩子，竟然會做出那樣事情來。
她現在的一切都是咎由自取、因果報應。
這種因果報應與佛教毫無關係，
僅僅是指既有當初然後就必然有現在這樣的結果。

到醫生辦公室的時候，發現鍾小紅竟然也在看書，走過去一看，原來她看的是一本厚厚的小說雜誌，與醫學類書籍的厚度大小差不多。

「鍾醫生，什麼事情？」我問她道。

「馮醫生，你坐。我慢慢給你說。」她將面前那本厚厚的雜誌推到了一旁，笑著對我說道。

我坐到了她辦公桌的對面，滿臉狐疑地看著她。

「馮醫生，聽說你還沒有談戀愛？」她看著我，笑瞇瞇地問我道。

我一怔，沒有想到她要問我的竟然是這個問題，「是啊。怎麼啦？」

「我給你介紹一個怎麼樣？」她的臉上依然是笑瞇瞇的。

「哪個女孩子願意和我這樣的婦產科醫生戀愛啊？」我苦笑。

「我問過了，人家說不在乎呢。我給你說啊，這個女孩子很不錯的，她的父母都是教師，家教很好，樣子也長得很乖。大學本科畢業。怎麼樣？」她說。

聽她這樣一講，我頓時心動，「是嗎？」

「明天我休息，明天晚上吧，明天晚上你們見個面好不好？」她問我道。

「明天我夜班啊。」我回答說。

她看了看時間，「那就今天晚上。我馬上打電話讓她來一趟。」

我頓時緊張起來，「這……」

「好了，就這麼定了。你別走啊。」她說。

這一刻，我想到自己與趙夢蕾的那種不該有的關係，想到了余敏剛才話中表現出來的那種態度，頓時覺得自己的婚姻大事已經變得迫不及待了，「好吧。謝謝你，鍾醫生。」

「我馬上打電話。」她看著我笑了笑。

「我去給那個病人開醫囑。今天晚上得給她輸點抗生素。」我說。

她朝我點了點頭，隨即拿起了辦公桌上的電話。

「陳老師，你們家小慧在不在？我鍾小紅啊。有這麼一件事情，她不是答應我一件事情嗎？就是教我學電腦的事。今天我值夜班，科室裏正好有一台電腦，我很閑，你讓她馬上來吧。」

我開著醫囑，聽到她在對著電話說道。我想不到這個人還蠻心細的，竟然不直接給對方說介紹朋友的事情，她這是謹防事情不成而造成尷尬啊。

「她馬上來了。」放下電話後，她笑著對我說道。

我忽然有些不好意思起來，同時也覺得有些尷尬，「我把醫囑拿去給護士。」

我沒有馬上回到病房，因為我實在不想去和鍾小紅聊天，特別是現在，因為我害怕她會沒完沒了地對我說關於我戀愛的事情。不過，我心裏還是有一種期盼。我覺得，在等待那個叫什麼小慧的女孩子來之前，最好去余敏那裏，至少這樣時間要過得快一些。

看著護士輸好了液體，待護士離開後才對她說道：「我只能陪你一小會兒。」

「算了，你去忙吧。」她說，賭氣的樣子。

我覺得她和我賭氣毫無道理——你是我什麼人啊？我有義務陪你嗎？想到這裏，心裏頓時憤憤，隨即轉身。「喂！」她卻叫住了我。

我沒理會她，直接就走了出去。

硬著頭皮進入到了醫生辦公室，發現鍾小紅依然在那裏看那本雜誌。於是我也坐到了自己的辦公桌處準備開始看書。

「馬上就來了。」忽然聽到她在對我說道，「她家就在我們醫院外邊。」

我朝她笑了笑，裝出一副無所謂的樣子，然後低頭去看書。

「這女孩子真的很不錯。她是我看著長大的。很乖。」她繼續在說。

她的話音剛剛落下，我忽然聽到辦公室門口處傳來了一個聲音：「鍾阿姨，你找我？」

我急忙抬頭去看，頓時張大著嘴巴差點合不攏來了！

我看見，在我們辦公室的門口處站著一位身高不足一米六的女孩，不，最多一米五左右。現在是夏天，她身上穿著一件像睡衣一樣的衣服，看上去身形單薄，幾乎沒有一絲一毫的曲線，如果不去看她的臉的話，簡直會懷疑她是一個還沒有發育完全的初中學生。

而她的模樣也極其平常，我發現她的下巴上還有一顆醒目的黑痣。毛老人家我們很熟悉了，人們都覺得他的那顆痣看上去很好看，已經被人們潛移默化為那是主席的標誌了。但是現在我卻在這個瘦小的女孩臉上看到了差不多與老人家同樣的一顆痣，我頓時感到了一種不舒服。與此同時，我心裏不禁暗暗地生起鍾小紅的氣來：這就叫乖？你竟然讓這樣的女孩子來與我相配？

我是醫生，對人類的美醜有著一定的認識，而我更是婦產科醫生，每天在我面前出現的是各種類型的女人，說實在話，我對女性差不多都已經麻木了，除非是漂亮的女人，不然的話我根本不可能對她們動心。我無法想像自己如果與這樣一位女性戀愛結婚，將是一種什麼樣的後果。

「小慧來啦？」我正錯愕的時候，鍾小紅已經站了起來，她笑瞇瞇地朝那個女孩走過去，伸手撫摸了一下女孩子的頭，同時捋了捋她的頭髮，「小慧越來越乖了啊。來，快來坐。哦，對了，我給你介紹一下，這是我們科室的馮醫生。人家可是醫學碩士呢。」

這個叫小慧的女孩子朝我看了過來，她朝我笑了笑，「你好。」

我趕忙擠出了一絲笑意，卻並沒有站起來，「你好。」

我心裏很納悶：這個鍾小紅，什麼眼神啊？她這叫乖?!心裏不禁苦笑：看來這女人看女人與男人看女人完全不一樣啊。忽然，我想到鍾小紅前面說過的那句話來，她說這個叫小慧的女孩子家教很好，難不成她說的「乖」，僅僅指的是很聽話的意思？不對啊？剛才鍾小紅對小慧說那句話的時候，好像不是那個意思啊？

正胡思亂想，卻聽鍾小紅在對我說道：「馮醫生，今天就別看書了吧。坐過來，我們一起聊一會兒。」

「我，我先回去算了。明天我還得早起呢。鍾醫生，謝謝你啊。」我慌忙地站了起來，然後匆忙地走出了辦公室。

現在，我連待在辦公室裏一秒鐘時間的興趣都沒有了。

當然，我也沒有再去余敏那裏，我直接回到了寢室裏。

寢室裏酷熱難當，即使去洗了一個冷水澡後依然覺得燥熱。躺在床上翻來覆去睡不著。現在，我才忽然懷念起趙夢蕾家裏的那種涼爽來。

我強忍著悶熱而強迫自己不去想趙夢蕾，雖然難受但是疲倦卻最終擊敗了我的痛苦。不知過了多久，我終於睡著了。早上醒來的時候，竟然發現自己睡得很香，而且一夜無夢。

鍾小紅正在交班，她看見我的時候臉色很難看，我暗自慚愧，但是卻覺得自己並沒有什麼過錯。當然，昨天晚上我本可以敷衍一下的，不過我擔心的是在敷衍之後的事情——難道我還得去與那樣一個讓我極不喜歡的女孩子互通情況、作一番初步瞭解和接觸？這絕不可能！要知道，她可不是我的病人。對於病人，我什麼都可以忍受。

記得有一次門診，來了一位老年婦女，模樣就不說了，反正難看之極，而且當我給她做檢查的時候竟然聞到了一股惡臭的氣味。那是一個陰道感染極其嚴重的病人。她離開後，我禁不住嘔吐了。要知道，我可是專業的婦產科醫生，平常所見到的、聞到的各種氣味都有，能夠讓我出現嘔吐，這說明那個味道已經非同一般了。不過，我依然對她很客氣，而且非常耐心地給她做完了檢查，並開出了針對她疾病的藥物。

然而那個叫小慧的女孩子就完全不一樣了。她竟然是鍾小紅介紹給我的對象。這是我絕對難以接受的。

鍾小紅到醫生辦公室的時候，我正在開今天的醫囑。「馮笑，你幹什麼？太不給我面子了吧？」她很是不滿地對我道。

「鍾醫生，我確實對她沒有興趣。」我苦笑著對她說。

「不滿意的話，你也應該隨便與人家說幾句話啊？幹嘛直接跑了？」她依然不滿地道。

「反正你又沒對她說介紹朋友的事情。與其今後大家尷尬，還不如當時什麼都不談。」我辯解道。

「誰說我沒給她講過？我早就徵求過她的意見了。昨天晚上在她來之前，我不是告訴你了嗎？」她憤憤地道。

「什麼事情？」這時候蘇華過來了，她問道。

「你自己問他吧。」鍾小紅氣咻咻地離開了。

聽完了我的敘述後，蘇華頓時大笑了起來，「這個鍾小紅，真是的！怎麼亂點鴛鴦譜啊？學弟，別管她！你是婦產科醫生，什麼樣的女人沒見過啊？我也覺得你應該找一個漂亮女人才行呢。不然的話，今後肯定陽痿！」

我頓時哭笑不得。

「不過學弟啊，你也該早點考慮你的個人問題了，像這樣天天在醫院裏接觸那些病人，時間長了會變成老太婆樣子的。」她繼續地說道，隨即看了看四周，又低聲地對我道：「你看胡醫生，他離婚後沒幾年就變成現在這樣子了。」

我很是詫異，低聲地問：「他離婚了？」

「是啊。他老婆長得那麼難看，自己又天天在醫院看病人，怎麼會對他老婆感興趣？不離婚才怪呢。」她低聲地回答。

我搖頭，「沒道理啊，這和他的樣子有什麼關係？」

「怎麼沒關係？長期一個人，長期與女性在一起，雄激素就慢慢減退了。你是知道的，不管是男人還是女人，身體裏面不但有雄激素也還有雌激素的，只不過男人和女人身體裏雄激素與雌激素的比例不同罷了。一旦出現失衡，此消彼長，不發生變化才怪呢。」她笑著說。

她說的道理我當然知道，不過她後面的話卻讓我不敢苟同。因為教科書上可從來沒有那樣的內容。

不過，經過蘇華這麼一說，我心情好多了。但還是在心裏責怪鍾小紅多事，而且暗自氣憤她竟然把我看得那麼低。不是嗎？我馮笑難道只能配那樣的女人？笑話！

隨即去到病房查看病人。每天早上的查房工作是必須的，因為查房是開出當天醫囑的基礎。在醫院，任何科室的住院醫生都是如此，因為病人的病情是隨時在發生變化的，所以必須得對症下藥。

去到余敏病房的時候，她不住地朝我笑。我覺得她有些瘋，「你笑什麼？」我被她逗笑了，問道。

「我朋友今天要來。」她說。

我心想：你朋友要來關我什麼事？不過嘴裏卻說：「好啊，有人照顧你了。」

她卻瞪了我一眼，「什麼啊。我昨天不是說了嗎？給你介紹女朋友呢。」

我哭笑不得，「算了，別提這事情啊。」

她很詫異，「為什麼？」

「反正別人介紹的我不會見的。把我當成什麼人了？難道我真的找不到女朋友了不成？」我頓時惱怒起來。

「你怎麼啦？」她詫異地看著我。

我轉身出了她的病房，「余敏，你要知道，我是你的醫生。」我背對著她冷冷地說了一句。

下午很早就回寢室了，因為我今天值夜班，得先回去吃飯、休息。

晚上接班後首先查看了一圈病人，沒有發現什麼大問題。不過我沒有去余敏的病房。她現在的情況很好，我心裏清楚。我覺得余敏和很多漂亮女人一樣，即使自己處於失戀的狀態，但是她的內心依然高傲。

現在我非常清楚，我與她不可能。因為我從她的話語中已經體會到了她內心的真實想法——她也不會找一個婦產科醫生當她的男朋友的。

我可以理解，不過我覺得她不應該提出給我介紹女朋友什麼的，這明明就是調侃我嘛。我承認自己的自尊心很強，特別是在昨天晚上鍾小紅的那件事情以後。所以，我心裏對余敏非常的惱怒。

沒有需要開的遺囑，我坐在辦公室裏開始看書。一個人只要不再浮躁，看書將是一種絕好的享受。

我估計今天晚上我的夜班會非常輕鬆，因為到現在為止都還沒有住院病人進來，而且也沒有急診手術。所以，我準備看書到十二點鐘後便去休息。

正這樣想著，余敏卻忽然跑到我辦公室來了。「你幹什麼？你的傷口還沒有好，千萬不要走動啊。」我責怪她道。現在，我不可能再去惱怒她，因為她在我的眼裏僅僅是一個病人。

「你不是說好了今晚要來陪我的嗎？怎麼說話不算數？」她很不高興地道。

「我看書。」我淡淡地道。

「你是不是生氣了？」她小心翼翼地問，「我不也是好心嗎？我那朋友真的很不錯的。」

「我說了，我不要任何人給我介紹女朋友。」我冷冷地道。

「你已經有女朋友了吧？」她問道。

我忽然感到有些心煩，「別說這個好不好？」

「哼！你肯定是生我的氣了。隨便你吧。」她說，隨即轉身離去。

看著空空的門口處，我忽然有了一種悵然若失的感覺。

第二天交班的時候，忽然下起了暴雨。

這是一場雷陣雨，病房外面的雨下得驚天動地，雷鳴電閃，大雨瓢潑，讓人感覺到整個病房都在顫抖。婦產科裏大多是女性，每當一聲炸雷響起的一瞬間，都會傳來女人的驚叫聲。外邊黑壓壓的一片，病房裏的燈都打開了，但依然覺得很暗。

我忽然想起了余敏，想到她是一個人在那間單人病房裏面，於是急匆匆地朝她的病房跑去。

她病房的門是開著的，不過門卻在猛烈地開合著，發出「吱呀、吱呀」的恐怖聲。我朝裏面看去，發現她正在一張床單下瑟瑟發抖。

我忽然覺得好笑，「余敏，怎麼啦？這麼害怕啊？」

她猛然地拉開了她自己頭上的那張床單，我發現她的臉色蒼白，滿眼驚恐，「好嚇人啊……」她的聲音在顫抖。

我去到了她的身旁，「打雷嘛，你在病房裏害怕什麼？」我說。話音未落，猛然地響起了一聲炸雷，我看見她的身體一震，驟然地發出了厲聲的尖叫「啊……！」同時，我猛然地感覺到她的雙手緊緊抱住了我，抱住了我的腰部。

她在顫抖，而且顫抖得很厲害。這一刻，我不再覺得她好笑了，相反地，我的心裏頓時升騰起了一種柔情。我輕輕拍了拍她的頭，柔聲地對她道：「別害怕，別害怕……」

窗外的雨聲、雷鳴聲滾滾而來，伴隨著暴雨被風吹打的巨大聲音，我的話頓時被淹沒了，她的雙手更緊地環抱著我，她的臉緊貼在我的腹上，而她的尖叫聲卻更加的尖利。

我愛憐地輕拍她的背，「別怕，別怕……」

還好，雷聲漸漸地減弱，外邊的雨也緩緩地退去，不多一會兒，我竟然看見窗外飄來了一縷陽光。

而她，卻依然緊緊地抱著我，緊緊地。

「好啦，沒下雨了，這是雷陣雨，沒事了。」我柔聲地對她說了一句。

她鬆開了我的身體，卻即刻頹然地倒在了病床上。我發現，她的雙眼正直直地在看著天花板，眼神木然，毫無光澤。

「余敏，余敏！」我大聲地呼喊她，我估計她是被剛才的雷陣雨給嚇壞了。

她終於從天花板上收回了她的目光，緩緩地看了我一眼，我看見，她的雙眼在「嘩嘩」地流淚。

「你沒事吧？」我關心地問。

她沒有回答我。

「好了，沒事了。」我柔聲地對她道，猛然地，我想起了一件事情來，「余敏，我看看你的傷口。」

剛才，她一直在厲聲地尖叫，而且我估計在我來到這裏之前她一定也是如此。尖叫會造成腹壓增加，所以我擔心她的傷口出現再次崩裂。

她躺在那裏，神情呆呆的。現在，我顧不得去管她其他的方面了，直接去撩起她衣服的下擺，揭開她傷口處的紗布……

果然，她的傷口崩裂了。

「你看，這下麻煩了。」我看著她那裂開的傷口倒吸了一口涼氣。

她卻依然沒有說話，目光依然呆滯。

而現在，我有些顧不過來她的情緒了，因為她傷口的再次崩裂讓我有些不知所措起來。我即刻出了病房，直接去到主任辦公室。

我當然不會說余敏第一次傷口的崩裂與蘇華有關係，只是說病人第一次是因為感冒咳嗽，這次是因為受到驚嚇尖叫造成的。

主任隨即與我一起來到了余敏的病房。進去後發現她在哭泣。

「別哭了！你還哭?!你看你傷口現在的這樣子！」主任看到余敏的傷口後即刻去批評她。

「怎麼辦？」我問主任。

「請外科的醫生來吧。她這傷口我們處理不了。」主任說。

我覺得也只有這樣了。因為她的傷口已經被縫合過兩次了，現在幾乎找不到下針的地方了。婦產科醫生雖然也要開刀動手術，但就對傷口處理的專業水準來講還是比外科醫生差很多的。

出去後我便開始聯繫外科。醫院制定有會診制度，不多一會兒外科醫生便來了。外科醫生看了余敏的傷口後也皺眉，他說：「現在最好的辦法就是不要縫合，等傷口長幾天後再說。」

外科醫生的話讓我頓時覺得他們也比較保守的。不過我很理解，現在作為醫生壓力太大，保守是最好的自保方式。不過這是會診的結果，我也只能執行。

現在，我覺得自己應該留下來陪她了。

「余敏，余敏！」她的神情依然呆滯，我大聲地在喊她。

「馮醫生，陪陪我好嗎？我好害怕。」她終於說話了。

「好，我陪你。」我柔聲地說。

她頓時高興起來，「你真好。」

她的這一聲「你真好」，讓我全身的骨頭都酥了，我覺得，這樣的女孩子真是可愛。

「馮醫生，我的傷口真的很麻煩嗎？」她忽然問我道。

「是。」我說，「兩次裂開了，而且以前有過感染。」

「我怎麼這麼倒楣啊。」她說，神情淒苦。

她的可愛，她的嬌柔，她淒苦的表情讓我心動。猛然地，我忽然有了一種衝動，「余敏，我覺得還是可以給你縫合的。不過，這件事情對於你和我的風險都很大。」

「我有什麼風險？」她問道。

我頓時不悅，我覺得這是一個非常現實的女孩子。於是我改口了，「你的風險就是會在醫院住很久，會花費很多的費用……」我還沒說完，她卻即刻地道：「費用無所謂。」

「還可能留下難看的疤痕。」我又說。

她頓時不語了。

現在，我覺得這個漂亮的女孩子與我以前想像的完全不一樣了。她不但現實，而且太自私。我覺得，自己剛才的決定是很不明智的。那是一種衝動。

「你休息吧。我昨天晚上夜班，今天我休息。我還有很多事情要去辦。」我隨即說道。

「你不是說好了要陪我的嗎？」她問道。

「我覺得自己在這裏陪你不大合適。我是醫生，而且今天休息，我陪你的話別人要說閒話的。」我說。

「看來你真的沒談過戀愛。」她說，怪怪地看著我。

「你這話什麼意思？」我真的很不明白了。

她張嘴，卻沒有說出話來，因為這時候房間的門忽然打開了。我也朝門口看去，只見一個人正站在門口處在朝她笑。

這是一個年輕人，帶著眼鏡，文質彬彬的。不過我發現，這個人對余敏的那種笑似乎有些奴顏的味道。

我準備離開，卻聽到余敏冷冷地對這個人道：「你來幹什麼？」

「我來看你。」那人說，態度好極了，臉上不但堆滿了笑，還在點頭哈腰。

「你給我滾！我不想看到你！」余敏憤怒地道。我發現，再漂亮的女人在憤怒的時候都會失去可愛的模樣，而且還會顯得更恐怖。

看來這是她男朋友了。我心裏想道。不禁歎息，側身出門。

「馮醫生！」余敏卻大聲地叫了我一聲。

「你們有事情好好談吧。別在醫院大吵大鬧的。」我回頭苦笑著對她說道。

「馮醫生，如果我不想見這個人的話，可以通知你們醫院的保安嗎？」余敏卻這樣問我。

「這……你們之間的事情還是好好商量的好。畢竟朋友一場。」我急忙勸說道。

「我才不是他的什麼朋友呢。」她憤憤地道，隨即指了指那個人，「他不過是別人的一條狗而已。」

「那你又是別人的什麼人呢？」我正詫異間，卻聽到自己的耳邊傳來了一個冷冷的聲音。一個冷冷的女人的聲音。

我看見，這是一位中年女性，她身穿淡藍色的短袖襯衣，一條白色的長褲，臉上略施脂粉，談不上漂亮，但看上去卻很有魅力。魅力這東西無法用語言去描述，只是一種感覺，或者她給了我那樣的氣場。

中年女性的那句話是衝著余敏去的。

「常局長，您怎麼來了？」眼睛男討好地對中年女人道。

「你，給我滾！」中年女人指著眼鏡男低聲地怒喝了一聲。眼鏡男臉上頓時一片尷尬，在一怔之後倉惶離開。是的，他離開的時候顯得很狼狽，竟然差點在過道裏摔一跤。

「你好，我是這個病人的醫生。有什麼事情可以對我講嗎？」我急忙地去對這位中年女人說道。因為我看見余敏正張大著嘴巴在看著這位中年女人，而且臉上露出的是一種恐懼神色。

「這裏不關你的事，你也給我滾！」中年女人冷冷地對我說道。

我頓時憤怒了，「你姓常是吧？是局長？」

她傲然地抬起頭來看著我，「是又怎麼樣？」

「雖然你是局長，但這裏是醫院。請你不要搞錯了，這裏不是你的單位。我告訴過你了，這是我的病人，她現在的狀況很不好，如果你要來找她吵架的話請你離開，不然的話我可要叫保安了。」我冷冷地對她說道。

她看著我，臉色變了變，隨即笑了起來。我發現，這個女人笑起來可比她剛才的樣子好看多了。

我愕然地看著她，不明白她為什麼忽然會笑。

「看來這個小妖精真是會迷人啊。連你這位婦產科醫生都被她給迷住了。」她依然在笑，不過現在卻是嘲笑。

「請你不要亂說好不好？我說了，她是我的病人。只要是我的病人，我都會這樣對待她們的。」我頓時有了一絲的尷尬，不過那種尷尬只出現了一瞬。

「是嗎？看不出來你還是一位不錯的醫生呢。」中年女人朝我嫣然一笑，「那好。我答應你，我不和她吵架。醫生，請你離開吧。我和她說點事情。」

我猶豫了一瞬，隨即朝她點了點頭，然後轉身準備離開。

「馮醫生。」猛然，我聽見余敏叫我，我去看她，發現她的眼神裏帶著哀求。

這一刻，我猶豫了。

中年女人看了我一眼，再次嫣然一笑，「你是馮醫生是吧？走，我到你辦公室去和你聊聊。」

我覺得今天的事情很奇怪，而且今天這幾個人都有些莫名奇妙，包括余敏。

我狐疑地看了她一眼，隨即朝她點了點頭。

我請她在我辦公桌的對面坐下，然後還去給她泡了一杯茶。

「謝謝！」她客氣地對我道。我發現現在的她顯得很優雅。

「余敏是你什麼人？」我隨即問她道。現在，我已經忍不住自己的好奇了，所以才會迫不及待地問她。

「不是我什麼人。」她的臉色忽然變了，隨即反問我道：「馮醫生，你覺得這個余敏怎麼樣？」

我搖頭，「她僅僅是我的病人。我對她並不瞭解。」

「說說你對她的初步印象。」她說，朝我淡淡地笑。

「我覺得吧，她應該是一個喜歡幻想的女孩子。還有就是，脾氣好像不大好。對了，似乎還沒有安全感。」我想了想後說道，心裏更加狐疑。

「你喜歡她嗎？」她問，臉色怪怪的。

「常局長，你這話是什麼意思？我說了，她僅僅是我的一個病人罷了。」我有些不悅起來。如果不是她的優雅，我可能早就生氣了。

「好吧。我相信你。」她點頭道，「實話告訴你吧，馮醫生，你的這個病人是一個狐狸精。」

我頓時瞠目結舌，「都什麼時代了？你怎麼還會相信有那東西？」

她一怔，隨即大笑起來，「馮醫生，想不到你竟然這麼單純。」

我頓時明白了，「你的意思是說，她，她和你男人……」

她的臉色頓時變得蒼白起來，點頭道：「是的。這個女人是第三者。是狐狸精，是破鞋！」我發現，這一刻她所有的優雅與風度全部消失了，剩下的是一張令人生懼的臉。

我心裏異常震驚，因為我完全沒想到余敏竟是那樣一個女孩子。不過，現在我回想起她的一切表現，似乎都是那麼的合情合理了。

「今天來看她的那個年輕人是誰？」我問道。

「我男人的秘書。」她回答。

原來是這樣。不，這樣就合理了。我心裏想道。

「常局長，」我想了想後說道，「我是這裏的醫生，不管余敏是什麼樣的女孩子，但她現在是我的病人。而且情況很不好，傷口兩次出現了崩裂。所以，我懇求你現在不要去和她爭吵好嗎？有什麼事情都等她出院了再說行不行？」

她張口準備說話，這時候一位護士急匆匆地跑了進來，滿臉驚惶地對我說道：「馮醫生，你的病人摔倒在過道上了！」

我大驚，慌忙地對這位中年女人說了句「對不起」後，就朝辦公室外面跑去。

摔倒在病房過道上的竟然是余敏。很顯然，她是害怕那位中年女人才選擇了逃跑。然而，身體的虛弱加上傷口的疼痛，卻讓她摔倒在了病房的過道上。

「趕快扶她到病床上去啊！」我朝護士呵斥道，「幹什麼呢？看熱鬧是你們應該做的事情嗎？」

「我們去扶她，她卻用手抓人。馮醫生，你看。」一位護士對我說道，隨即伸出了她的一隻手來給我看。我發現，這位護士的胳膊上竟然有幾道紅色的抓痕。

「余敏，這就是你不對了。護士是在幫你啊。」我即刻批評她道。

「我不要你們管，我不要你們管！」余敏大聲地道，伴隨著哭泣。

「你還有理了？」中年女人忽然出現在了我的身旁，她冷冷地對余敏道。

余敏頓時住口了，眼神裏又一次浮現出了恐懼。

「馮醫生，」中年婦女看著我說，「今天我聽你的話，暫時不找她算賬了。」

「謝謝！」我對她說道。

中年女人去看著余敏，「小丫頭，你好自為之。」

說完後她便匆匆離去。護士們和圍觀的病人都開始竊竊私語。

「快扶她進去啊？還愣著幹什麼？」我隨即批評那幾個護士道，同時招呼病人們各自回自己的病房。

余敏躺在床上哭泣。

現在，我忽然覺得她的哭泣很讓人厭煩了。忽然地想到我自己，心裏不禁惶恐——你不也一樣嗎？只不過沒被人發現罷了。

心裏更加堅定不再去找趙夢蕾。

「我看看你的傷口。」我覺得自己還是應該盡好一個醫生的責任。

她沒有說話，依然在哭泣。

「把她的衣服撩起來，我看看她的傷口。」我吩咐身旁的護士道。

護士過去撩開她的衣服，然後揭開她傷口上的紗布。我看了一眼，頓時吸了一口冷氣——她的傷口在滲血！

不禁在心裏歎息。「你給她消毒、換藥吧。」我對護士說道。今天，我不想替護士做這個工作了。

護士應答著，我隨即出了病房，身後是余敏的悲戚聲。

聽到身後傳來她的哭泣聲，我不再有心痛的感覺，不過還剩下了歎息。

我沒想到這麼漂亮的一個女孩子竟然會去做出那樣的事情來。我絕不相信她是為了什麼愛情。所以，我認為她現在的一切都是咎由自取、因果報應。我心中的這種因果報應與佛教毫無關係，僅僅是指既有當初然後就必然有現在這樣的結果。

不過，我替她感到可惜。她是如此的年輕貌美，何苦要走上那樣的一條路上去呢？我想不明白，所以唯有歎息。這種歎息是納悶，是惋惜。

今天我休息，交完班後就直接回到了寢室。也許是因為夜班，也許是因為余敏的事情，我感到身心俱疲。

雨後的天氣再也沒有了那種悶熱，即使是在寢室裏面我也感受到了空氣的清新。躺倒在床上閉目養神，全身懶洋洋的，什麼事情都不想去做。本周換洗下來的衣服還在臉盆裏，襪子也有好多雙沒有洗了，它們在我床底下發出臭雞蛋的氣味。我聞到了，覺得很難受，但依然不想起床去清洗它們。就這樣懶懶地躺倒在床上。

然而，我的思想卻一直在漂浮，腦子裏全是余敏那清秀可人的面容。她的笑，她的生氣，還有她的憂慮和尖叫都一一在我腦海裏浮現。

「哎！」我發出了悠長的一聲長歎。

我知道，自己已經完全失望，對余敏，對所謂的愛情。

手機在響，我不想去接聽。今天是我休息的時間，即使是科室的電話我也不想理會。繼續閉眼，讓自己的身體繼續懶懶地蜷縮在床上。手機的鈴聲停頓了，寢室再次陷入一片寧靜。

我的心也開始進入到平靜。我好想睡覺。

然而，可惡的手機卻再次響了起來，它把我從睡眠的門口處拉了回來。我心裏憤怒至極：老子就是不接，怎麼樣！

繼續懶懶地躺著，耳邊是刺耳的手機鈴聲，它一遍一遍地、不知疲倦地在厲聲地尖叫著，在數分鐘的時間裏竟沒有停息。很明顯，打電話的人正在一遍又一遍地重撥。

難道有什麼急事？我猛然地想道。急忙起身，拿起電話開始接聽。

「怎麼不接電話呢？你今天不是休息嗎？」電話裏傳來的是趙夢蕾的聲音。

她知道我昨天晚上夜班，所以才如此執著地給我撥打電話。我心裏明白了。

「在睡覺。剛剛睡著。昨天晚上收了好幾個病人，幾乎沒休息。」我說，聲音懶洋洋的。我的回答不但是解釋，同時也是一種對她的責怪——我在睡覺呢，幹嘛這樣不停地打電話？

「哦。對不起啊。」她說，「在你自己的寢室睡覺吧？」

「是。」我說。心裏卻在嘀咕：不在自己的寢室，難道還在別人的寢室？

「那你休息吧。中午的時候我給你打電話。」她說，隨即掛斷了電話。

我心裏開始煩悶起來：看來這件事情並不是我想像的那麼容易結束。

第五章

殺人嫌疑

我失魂落魄地回到了寢室，腦子裏面一片混亂。
趙夢蕾的男人死了？在他們自己的家裏？
員警向我詢問趙夢蕾的情況？難道他們懷疑趙夢蕾？
猛然地，我想起趙夢蕾對我說過的那句話——
我要和他離婚，如果我和他離婚了，你願意要我嗎？

敲門聲讓我從睡夢中醒來。我很奇怪，因為從來沒有人來敲過我的房門。忽然想起一件事情來。聽科室的一位護士講，現在的小偷經常在白天去敲一些住戶的門，目的是為了偵查這些住戶家裏是否有人。如果有人出來的話，小偷就藉口說是收破爛的，不過一旦發現沒人，就會即刻入室行竊。

我的心裏頓時緊張起來。不過我並不十分害怕，因為這是醫院的宿舍，而且還是白天。

「咚咚！」外邊依然在敲門。

我去到門口處，耳朵貼在門上。

「咚咚！」敲門聲再次響起。

我猛然地拉開了房門，頓時怔住了，「你怎麼來了？」

門口出現的竟然是趙夢蕾。我怔怔地看著她，竟然被她的出現搞得有些不知所措。

「讓我進去啊？怎麼？裏面有其他女人？」她嗔怪地對我道。

我頓時清醒了過來，急忙側身請她進屋，「你怎麼找到這裏的？」

「那還不簡單？直接去你們醫院後勤處問就知道了。」她笑著說，同時一邊打量我的住處。

我不禁汗顏，「不好意思，我這裏太髒了。」

「兩張床？你與別人合住？」她問道。

「那個人結婚了，搬出去住了。」我急忙快速跑到床上去收拾那些亂七八糟的東西。

「你這裏確實夠髒的。哎呀！什麼味道啊？這麼臭！」她忽然用手掩住她的鼻子道。

我很不好意思了，「最近太忙了，沒時間洗衣服。襪子也臭了。」

她看著我，長長地歎息了一聲，「馮笑，看來你確實需要一個女人來照顧你了。」

我頓時不語，因為她的話讓我再次地不知所措。

而她卻在看著我笑，「還是醫生呢，一點都不愛乾淨。你們這裏洗衣服的地方在什麼地方？我去幫你把這些東西洗一下。還有你的蚊帳。你看你那蚊帳，黑得像被煙熏過似的。我真的服了你了。」

她說著便去床下撿起了那幾雙臭不可聞的襪子，然後朝臉盆處走去。我急忙地道：「就在這一層樓的最裏面。」

「肥皂呢？洗衣粉呢？」她問。

「好像用完了。」我不好意思地道。

「我馬上去買。真是的，你這哪是人過的日子啊？」她責怪道，隨即出了門。

我的心裏頓時有了一種暖融融的感覺。她剛才的責怪與嘮叨，讓我忽然有了一種家的溫暖感覺。

隨即將要洗的衣服和襪子用盆子裝著去到了洗衣服的地方。它們太髒了，特別是襪子，我不想讓她替我洗第一遍。

「我給你洗。看你笨手笨腳的樣子。」不一會兒她就回來了，她將我從洗衣槽處拉開。

我只好退到了一旁，然後看著她開始給我洗衣服。我看見，她白皙如雪的胳膊不住在我眼前晃動。

「你回去繼續睡覺吧。我馬上就給你洗完了。真是的，你看你這些衣服，都酸臭了。」她轉身對我說。

我苦笑著搖頭，然後轉身回到了自己的寢室裏。

要是她沒有結婚多好，她是一個多麼好的妻子啊。躺倒在床上，我不禁感歎。

不多久她就洗完了衣服。

「走，我們去吃飯。」她說。

「我請你吧。」我覺得她給我洗了衣服，我應該表示表示。

「我們去你們的食堂吃飯，好嗎？」

「那怎麼行？食堂的飯菜很差的。」

「就去你們食堂吃。我想嘗嘗你們食堂的飯菜，同時也感受一下你平常的生活。」

「好吧。你自己願意的啊。」

「都是我自己願意的。」她看著我，低聲地道。

我一怔，當然明白她話中的另外一層意思，心裏頓時有些慌亂起來，「走吧。現在去飯菜都還是熱的，再晚點的話差不多都賣完了。」

說實話，醫院裏的大鍋菜確實很難吃。不過醫生與病人的食堂是分開的，這裏的條件要比病人的飯堂好得多。

打了幾樣菜，一共買了半斤米飯。我和趙夢蕾在一張餐桌處面對面坐下。

「很多年沒吃過飯堂裏的飯菜了，味道還不錯。」她吃了幾口，隨即稱讚道。

我不禁苦笑，「如果你天天來吃的話，肯定會厭煩的。」

「那倒是。」她說，「不過，我要是你的話，肯定會去置辦一套炊具，有空的時候自己做飯。」

「那多麻煩啊？」我說，「我寧願不吃都行。」

「你們男人太懶了。」她說。

「你的男人也懶嗎？」我問道。我聽到，自己的聲音冷冷的。

她頓時不語。

「趙夢蕾，我們不要來往了吧。你是已經結婚的人了，這樣不合適。我覺得自己是壞人了，因為我在破壞你的家庭。」我說。這句話我憋了兩天了，今天，當我一看見她的時候就很想說的，但是我不忍、不敢。現在，我覺得自己必須說了，我害怕自己的勇氣像被刺破的氣球一樣再也難以鼓起。

我說的時候不敢看她，一直低頭在吃飯。我不敢去看她，我怕看她的眼神，還有她的嘴巴。我害怕她眼神裏出現鄙夷與嘲諷，害怕她的嘴唇忽然說出「不」字。

可是，我沒有聽到她那樣說，我只聽到了她的歎息聲，「馮笑，你厭煩我了是不是？覺得得到我了就該拋棄了是不是？沒關係，你們男人都這樣。我理解。」

我感覺到她已經站了起來，急忙地抬頭。我看見，她確實已經站了起來，眼淚在一滴一滴地掉落。

「夢蕾。不是的。」我急忙站了起來，「我說了，你是已經結婚的人了，我不想破壞你的家庭。」

我說話的聲音很低，因為這是在食堂，我不想讓別人聽到我們的對話。

「喲！學弟，你們吃完了？這是誰啊？這麼漂亮？」猛然地，我聽到一個聲音在耳邊響起。我不禁苦笑。因為說話的人是蘇華。這個人，怎麼偏偏這個時候出現啊？

「這是我同學。」我只好向她介紹道。

蘇華在看桌上，「不是還沒有吃完嗎？學弟，你是不是欺負你這位同學了？」

「學姐，我們還有點事情。先走了啊。」我急忙拉起趙夢蕾就跑。

還是在我的寢室。我覺得醫院裏的任何一個地方都不合適。趙夢蕾是已婚女人，我不想讓任何人知道我和她的關係。

「夢蕾，我不是你想像的那種人。真的。只怪我們再次重逢的時間太晚了。現在，你已經有了你自己的家庭，我們如果繼續這樣的話，我會很內疚。不，不只是內疚，還有害怕。」我對她說道。

「我已經決定了，我要和他離婚。」她說。

「那，等你離婚了我們再交往吧。」我說。說實在的，我心裏真的很喜歡她，雖然她已經結婚了，但我覺得她如果離婚了的話，我依然可以接受她的。而現在，她的婚姻卻是我們之間最大的障礙。

「真的？」她抬起頭來看著我，滿眼的驚喜。

我點頭，「真的。」

「走，我們出去走走。陪我逛逛商場。好嗎？」她問道。

我猶豫了。卻看見她滿眼期待的神色，頓時心軟，於是點頭，「好吧。我陪你。」

一直逛到晚上，我的手上全是衣服。我的。她買給我的。

隨後我們一起吃了飯，然後她回家。我提著她給我買的衣服回寢室，心裏一直被幸福籠罩著。

在寢室昏暗的燈光下看書。現在我的心裏特別的寧靜，看書的時候沒有任何的雜念，我發現，在這樣的心境下看書也是一種極大的享受。

有人在敲門。

她又來了？我心裏想道，隨即從座位上站起來，然後急匆匆地去開門。

我頓時驚訝了，因為我看見自己寢室的門口處站著的是兩位員警。

「你們……找誰？」我猛然地緊張起來。因為我對員警有著一種天生的恐懼。

高中畢業那年，有天晚上同學聚會，酒喝多了後我上廁所，結果不小心跑到了女廁所裏面去了。裏面有人，是女人。她們驚叫，結果我被員警帶走了。進去後遭到了一陣暴打。暴打完了後才開始審訊。

員警：「說，為什麼跑到女廁所去了？」

我：「喝醉了。沒注意。」

員警：「你不認得字？」

我：「認得。」

員警：「那怎麼會走錯？」

我：「喝醉了，沒注意去看廁所上面的字。廁所從來都是男左女右，哪知道那地方是反著的啊？」

員警：「你是哪個村的？」

我：「我是今年剛畢業的高中生。家就住在縣城裏面。」

員警：「你父親叫什麼名字？」

我說了。

員警面面相覷。

另外一個員警：「好啦。今天的事情我們不會告訴任何人的。我們也希望你不要把今天的事拿出去講。你回家也不要講。你今年高中畢業，已經考大學了是吧？你總不希望今天的事情影響你上大學吧？」

我：「你們為什麼開始不問清楚？你們刑訊逼供是不對的。」

開始那個員警：「難道你跑到女廁所偷看女人的屁股就對了？我們是員警，別人相信我們還是相信你？」

我不語。

回家後父親問我：「怎麼啦？臉上怎麼有傷？」

我：「和同學在一起喝醉了。摔傷的。」

父親：「沒出息！」

現在，當我看見自己寢室外邊忽然出現了兩個員警的時候頓時害怕起來。「你們找誰？」我的聲音顫抖著問道。

「你是馮笑吧？」員警問道。

我機械地點頭。

「跟我們走一趟吧。」員警道。

「什麼事情？我又沒犯法。」我驚恐地道。

「去了就知道了。」員警面無表情。

在警車上的時候，我一直在回憶自己最近幾天，不，最近一段時間來所做過的所有事情，剔除了那些細枝末節，努力去尋找自己生活中的重大事件。

我發現，自己的生活中根本就沒有什麼重大的事件，犯法的事情更沒有。不過，有兩件事情卻讓我感到心驚膽顫。

第一件事情就是我與趙夢蕾的關係。可是，雖然我與她的那種關係違背倫理，但並不構成犯法啊？

第二件事情就是最近發生在病房裏的那個叫余敏的病人的事了。可是，我與她並沒有什麼關係啊？她當第三者關我什麼事情？難道她出事了？今天她摔倒後、在我離開不久就死了？

可是也不對啊？如果真的是那樣的話，也與我沒多大關係啊？要知道，我昨天晚上夜班，今天可是在交完班底的情況下離開的啊，即使真的她出了什麼問題的話，責任人也不應該是我啊？

我茫然了。

可是，員警為什麼要來帶我走？我甚至懷疑自己是不是在某天晚上睡著的情況下出去夢遊殺人了。雖然覺得自己的這個想法荒唐，但是卻始終不知道員警來帶走我的原因。

看著員警木然的面容，我不敢問，不敢問他們為什麼要帶我走，為什麼要讓我上這輛車。

讓我唯一感到欣慰的是，他們並沒有給我戴上手銬。難道問題不是很嚴重？難道真的是余敏的事情？

忽然想起那個姓常的女局長。難不成她把余敏給殺了，然後轉嫁於我，所以才引起了員警對我的懷疑？

又或是我病床上某個病人告我對她有過性侵？

婦產科裏面的男醫生被病人告性侵的事情在國內多家醫院發生過。正因為如此，醫院的制度上才特別強調醫生在對病人檢查的時候必須有護士在場。於是我開始回憶自己上班以來每一次給病人做檢查的過程，我感覺，好像每次護士都在場的啊。是感覺，因為我內心的恐慌讓我的記憶有些模糊了。

就這樣胡思亂想著，以至於我根本就沒有注意到警車行駛的路線。當警車「吱」地一聲停下來的時候，我才知道已經到了目的地。我茫然地看著車窗外面，發現車停在一個小小的院落裏面，明亮的路燈下，周圍的房屋顯得有些古舊。我不知道這是什麼地方。

「下車。」一員警對我叫了一聲，聲音硬梆梆的。我忽然想起多年前的那件事情，肌膚的表面頓時在顫抖。

我下車了，茫然四顧。這地方自己真的從來沒有來過。不過我看清楚了，我正置身於一個院落裏面，來來往往的都是穿制服的員警。

「這是什麼地方？幹嘛帶我來這裏？」我問道。我覺得自己必須要問，不然的話，我擔心會被員警認為我心懷鬼胎、做賊心虛。

「這是刑警支隊。怎麼？害怕了？」員警問我道，臉上還擠出了一絲笑容。我發現這個員警的眼神有些像貓一樣的古怪，似乎正在戲弄我這隻可憐的小老鼠。

我也擠出了一點笑容，故作輕鬆地道：「我又沒有犯法，我害怕什麼？」隨即在心裏對自己說道：對啊，你又沒犯法，害怕什麼？以前你至少走錯了廁所，這次你可什麼事情都沒幹過啊。

「走，我們進去慢慢說。」員警過來拉了我一把。

我頓時踉蹌了一下，急忙站直了身體跟著員警朝那扇大大的門走去。

裏面是一間寬大的辦公室，許多張辦公桌，卻只有幾個人在辦公，整個地方顯得空落落的。我跟著那兩位員警往裏面走，一直到達寬大的辦公室底部。那裏有一道小門。員警沒有停下來的意思，繼續地朝前面走，走出了那個小門。我跟著他們，出了小門後才發現是一條長長的過道。過道的空間很高，走過的時候我彷彿聽到了我們腳步的回音。不過我覺得這些回音有些嚇人。

員警在一個小門處停下了，敲了敲門。裏面頓時傳來一個聲音：「進來！」員警開門進去了，後面的員警推了我一把，「進去。」

我進去了，發現是一間普通的辦公室，裏面有一位穿著警服的中年人。他看上去顯得有些瘦弱，而且皮膚白皙。我想他可能是在這間幽暗的辦公室裏面坐得太久的緣故。

「馮醫生是吧？」中年員警笑著問我道。

我點頭。他的笑並沒有感染到我，反而讓我更加的驚懼。我感覺到，他的這種笑比剛才過道裏的那種回聲更嚇人。

「馮醫生請坐吧。我們請你來，是想向你瞭解幾件事情。」中年員警對我說，態度和藹。

我不敢坐。

「坐啊。」他忽然提高了聲音。我頓時一激靈，即刻地坐了下去。與其說是坐，還不如說是被嚇倒在了椅子上。

「你們。」中年員警去看著帶我來的兩位員警，「你們怎麼搞的？怎麼不向馮醫生解釋清楚？你們看，嚇住人家了。現在局裏要求我們改變工作作風，你們怎麼還像以前那樣粗暴呢？」

「支隊長，對不起。我們今後一定注意。」兩位員警急忙地道。

我看著他們，驚疑不定，搞不明白他們這是唱的哪一齣。

「馮醫生，你別害怕。我們今天請你來呢，是想向你瞭解幾個情況。」中年員警和藹地對我道。

我感到他們似乎沒有用刑的意思，心裏頓時不再像剛才那麼害怕了，「您問吧，只要我知道的我都會回答的。」

「謝謝你啊。」他笑瞇瞇地對我道，「馮醫生，據我們瞭解，昨天晚上你值夜班是吧？」

「是啊。」我回答，心裏忐忑：難道真的是我的病人出了什麼事情嗎？

「昨天晚上你一直在病房？」他問。

我想了想，「是的。我一直在病房。」

「今天上午你幾點鐘下班的？」他問。

我頓時怔住了，「這可記不得了。我交班後一個病人出了點狀況，我處理完了後才下班的。具體時間我記不得了。」

「仔細想想。」他依然和藹。

於是我想，「八點鐘交班，然後我一個病人出了點事情，不，中途還有個人來與我談了點事情。後來讓護士處理了那個病人的的傷口……應該是九點過後下的班吧。」

「下班後呢？下班後你去了哪裏？」他又問。

「回寢室去了。睡覺。」我說。

「幾點鐘起來的？」他問。

我頓時忍不住了，「員警先生，究竟出了什麼事情啊？我真的沒有幹犯法的事情啊。」

「我們並沒有說你犯法啊？我不是說了嘛，只是向你瞭解一下情況。」他依然和顏和色的對我說道。

「我下班後就回到寢室睡覺了。真的。」我說。

「那麼，趙夢蕾是什麼時候來找你的？」他忽然地問道。

我大吃一驚，腦子裏頓時「嗡」的一下，趙夢蕾？趙夢蕾怎麼了？

當我聽到員警嘴裏說出「趙夢蕾」這個名字的時候，心裏猛然地驚住了，趙夢蕾，她出事了？隨即，我情不自禁地問道：「趙夢蕾……她怎麼啦？」

「她沒事。」員警說。

我頓時放下心來，「員警先生，你們究竟想問我什麼事情啊？」

「我們想請你把今天一天的活動情況仔仔細細地告訴我們，特別是你與趙夢蕾在一起的情況。她什麼時候到你那裏來的、你們在一起幹了什麼、她什麼時候與你分手的，等等，越詳細越好。」中年員警說。

這下，我感覺到了一點：今天員警找我不是因為我，而是因為趙夢蕾可能犯事了。可是，她又能犯什麼事呢？

雖然疑惑、擔心，但是我卻只能有一個選擇，那就是把今天的事情詳詳細細地對他們說清楚。

於是我開始講，講她大概什麼時候到了我寢室，然後她替我洗衣服，再一起到飯堂吃飯。說到這裏的時候，我忽然想起了一件事情來，「我們在飯堂吃飯的時候，我們科室的蘇華也看到的。」

「嗯，我們會調查的。你繼續說。」中年員警道。

我開始回憶接下來的過程，「後來我們就一直逛街，她還替我買了好幾件衣服呢。我們一起吃晚飯，吃完晚飯後我們就分手了。我回到了寢室，一直到你們的人來找我。」

他在點頭，「嗯，清楚了。」

「究竟出了什麼事啊？員警先生，你可以告訴我嗎？」這下，我心裏著急了。

他卻沒有回答我的問題，「馮醫生，你與趙夢蕾究竟是什麼關係？可以告訴我嗎？」

「這……」他的這個問題太忽然，讓我有些措手不及。

「你可以不講。」他笑瞇瞇地看著我。

他的話軟綿綿的，但在我看來卻是一種威脅。你可以不講，他是員警，我敢不講嗎？

「我和她是中學同學，很多年沒見面了，前不久她到醫院來看病，偶然碰上了。」我回答。

「婦科病是吧？」他依然笑瞇瞇的。我心裏頓時不悅，因為我覺得他的話流露出一種下流。不過，我只能將自己的這種不悅暗暗地埋藏在心裏，「是。我讓科室一位女醫生給她看的。」

他頓時笑了起來，不過他的笑一閃而逝，轉瞬變成了嚴肅，「可能不止是同學關係吧？」

我頓時諾諾起來，「這個……」

「好了，你不需要講了。馮醫生，問題問完了，你可以回去了。」中年員警站起來朝我伸出手來。我受寵若驚地去握住他的手，感激不盡地道：「謝謝，謝謝！」

「這是我的名片，回去後如果想起什麼事情來的話，你可以隨時給我打電話。」他說，隨即給了我一張名片。

我恭敬地接了過來，看著上面的名字：錢戰。

「錢隊長，那我走了。」我說，有一種想要趕快逃離的衝動。

「馮醫生。」他卻忽然地叫住了我。我詫異地、驚惶地看重他。

「你怎麼不再問究竟出了什麼事情了？」他看著我，問道，臉上是一種奇怪的神色。

我苦笑，「我都問了幾遍了，可是你不告訴我啊？」

「我現在告訴你。趙夢蕾的男人死了。在他們自己家裏死的。」他緩緩地告訴我說。

我大驚，只覺得自己的心臟猛然停止了跳動似的，我張大著嘴巴看著他，「什，什麼？她男人，死了？」

「你認識她男人嗎？」他問我道。

我一時間沒有從這種震驚中醒轉過來，「什，什麼？你問我什麼？」

「我問你，你認識她男人嗎？」他用一種怪怪的神色看著我道。

「不認識。叫什麼名字我都不知道。」我說，像子彈出槍膛一般的快速。

我失魂落魄地回到了寢室，腦子裏面一片混亂。

趙夢蕾的男人死了？在他們自己的家裏？

員警為什麼要把我叫去調查？而且好像主要是在詢問趙夢蕾今天這一天的情況？難道他們懷疑趙夢蕾？猛然地，我想起趙夢蕾曾經對我說過的那句話來——我要和他離婚，如果我和他離婚了，你願意要我嗎？

想到這裏，恐懼猛然地向我襲來。趙夢蕾，她，那件事情是她幹的嗎？幾次想給她打電話，但是卻不敢，我感覺到，員警似乎懷疑的還不止她一個人，不然的話，為什麼要問我與她究竟是什麼關係？而且還是在最後問的。

員警都很精明，特別是哪個叫錢戰的什麼隊長。他讓我離開，卻在我準備離開的時候忽然問起我與趙夢蕾的關係來，這明明是想讓我在沒有防備的情況下說出最真實的東西啊。幸好我心底坦蕩，不然的話肯定會上他的當。

可是，讓我想不到的是，趙夢蕾卻給我打電話來了。

當我電話響起的時候，當我看見手機上面顯示出的是「趙夢蕾」這三個字的時候，我的手開始顫抖起來。

整個晚上都在噩夢中度過。

在我的夢中，老是出現一張血淋淋卻又模糊的臉。

趙夢蕾在電話裏告訴我，她男人死了。

她的聲音很平靜，像在說一個無關的人。

「員警找我了。」我說。

「肯定會找你的。」她的聲音依然淡淡的。

「他們問我你什麼時候到我這裏來的，中途做過什麼，我們什麼時候分的手。」我說。

「你怎麼說的？」她問。

「實說啊。我不可能騙員警的。我可不想惹麻煩。趙夢蕾，你告訴我，你男人究竟是怎麼死的？什麼時候的事情？」我問道。

「我哪知道啊？」她說，「上午我給你打了電話後就出門了，回去後開門發現他竟然死了。嚇死我了。這個人，總是這麼鬼鬼祟祟的，回家前也不打個招呼。」

「怎麼死的？」我問，心裏頓時鬆了一口氣。

「我也不知道，法醫還沒有出結果。反正很嚇人的，客廳裏都是血。」她說。

「你好像一點都不傷心？」我覺得她太冷酷。

「馮笑，我沒有告訴過你他是怎麼對待我的。如果你知道了，就知道我為什麼這麼冷酷了。好了，你休息吧，對不起，因為我的事情讓你受驚了。」她說，隨即掛斷了電話。

「學弟，怎麼啦？眼圈都黑了。」第二天上班的時候，蘇華詫異地問我道。

我苦笑著搖頭，隨即轉身朝病房走去。

「不會又失戀了吧？」我聽到她在我身後低聲地道。

我心煩意燥，沒有停步，繼續朝病人走去。

余敏的病房裏空空的，我看著空空的裏面發呆，一會兒之後才醒悟過來，急忙轉身跑到護士站，「那個病人呢？我床上的那個病人呢？」

一個護士詫異地看著我，問道：「哪個病人？」

「二床的那個病人。叫余敏的。」我說。

她癟了癟嘴，「那個第三者啊？轉院了。昨天下午辦的手續。」

我頓時呆住了，頓時有了一種莫名其妙的悵然若失的感覺。

「馮醫生，你怎麼啦？你不會喜歡上她了吧？」小護士看著我笑。

我瞪了她一眼：「莊晴，別胡說！」

莊晴是我們科室最漂亮的護士，據說與我們院長有著某種親戚關係。小丫頭古怪精靈，說話處事不大注意分寸，完全由她的性子來。

上次，蘇華的事情就是被她給說出去的。事後我還去找了她。

「莊晴，你對蘇醫生有意見是不是？」當時我問她。

「沒有啊？」她瞪大著眼睛看著我說。

「那你為什麼把她的事情拿出去講？」我問道。

在科室，護士們經常會與女醫生們吵架，而對我和老胡，她們會給予更多的包容。這也許就是人們常說的「異性相吸」吧。正因為如此，我才會像這樣去問莊晴。

「就那麼隨便一說。」她卻無所謂地道。

「莊晴，大家都是一個科室的，這種涉及到病人的事情最好不要拿出去講，有些事情你知道就是了。萬一出了什麼事情的話，不但醫生會受到處罰，整個科室的獎金也會受到影響的。如果真的這樣的話，大家責怪的可能就是你了。一個科室的人，互相包容一些為好。」我對她說道，而且去觸動了她最敏感的那根神經——獎金。在科室裏面，獎金可是工資的幾倍啊。

「哦。那我今後注意了。」她這才意識到了問題的嚴重性，「馮醫生，蘇醫生沒有責怪我吧？我真的沒有惡意。」

「沒有。蘇醫生的脾氣你是知道的，標準男人的性格。很多事情來得快、去得也快。」我說。

「那就好。」她說，調皮地朝我伸了伸舌頭。

漂亮女孩子的任何一個動作總是讓人覺得可愛的，我朝她笑了笑，有一種想要去撫摸她頭的衝動。在我的眼裏，她這樣的女孩子總是像鄰家小妹似的讓人疼愛。

「馮醫生。」她卻隨即看著我怪笑。

「怎麼啦？又想起什麼壞主意來了？」我看著她笑問。

「我怎麼覺得我們科室裏面搞反了啊？」她歪著頭看著我笑，「你看啊，蘇醫生、孫醫生，還有我們科室的大多數女醫生，她們的性格都像男人一樣，但是你和胡醫生反而像我們女人一樣細心、溫柔。你說奇怪不奇怪？」

我哭笑不得，「細心溫柔有什麼不好？那我下次對你厲害一點就是了。」說完後我朝她瞪眼。

她看著我笑，「馮醫生，你瞪眼的時候都在笑。」

我也被她逗得大笑了起來，「你知道我的名字的。馮笑，逢人就笑！」

從此之後，我和她就變得隨便了起來，她有事無事地就喜歡往我面前靠，而我每次看見她的時候心情也很愉快。

「還別說，你們兩個人真像天生的一對呢。」科室的護士與醫生們於是經常對我們開玩笑。

莊晴每次都跺腳後不好意思地跑了，而我卻唯有苦笑。我知道我與她是絕對不可能的。因為她已經有了男朋友。而且，我一直把她當成鄰家小妹一樣。僅僅是這樣。

男人與女人在一起的時候往往有這樣的情況：即使對方很漂亮、很可愛，但有時候兩個人卻像兩條平行線，永遠都不會相交。我覺得，自己與莊晴就是屬於這樣的情況。我和她，最多只有溫馨，不會產生情愛。

幾天之後，我與趙夢蕾見面了。是她來找我。

「員警已經下結論了，是自殺。」她對我說。

「為什麼？他為什麼要自殺？」我覺得很奇怪。按照我對趙夢蕾家庭的瞭解，從經濟上來看他們應該屬於中高收入家庭，從他們夫妻感情來講，覺得不滿意的也應該是趙夢蕾，而不是他。

她的回答讓我知道了答案，「員警從他的手機上發現了一條威脅簡訊。那條簡訊是一個女人發給他的，他在外邊的野女人。那個女人要他賠償什麼青春損失費，不然的話就要向他的單位告發他。」

「這也值得自殺？」我還是很詫異。

她頓時不悅，「你怎麼和員警一樣？我跟你說啊，員警已經認定了，他是屬於自殺。」

「不管怎麼說，他也曾經是你的男人啊。」我嘀咕道，覺得自己的這位同學太過冷酷。想到她曾經是那麼的美麗與純潔，心裏不禁疑惑：這是我曾經喜歡的那個她嗎？

她似乎看懂了我沉默的表情，「你是不是覺得我很冷酷無情？」

我不語。

「可是你知道他平常是怎麼對待我的嗎？他打我，還當著我的面把其他的女人帶回家，就在我們家的床上幹那種事情！而且，他還非得要我去看他們的表演！他在外邊嫖娼，然後帶著一身的性病回來非得與我同床，我不答應，他就打我，強迫我與他做那種事情！我一次次羞辱地去到醫院，在你們醫生和護士的白眼下忍受著屈辱讓你們檢查。這些你都知道嗎？這次，要不是我正好與你在一起的話，這個畜生肯定會害我去坐牢！馮笑，你說，這樣的一個畜生死了，我會不會替他流淚?!」她大聲地說著，到後來便開始嚎啕大哭。

我大為震驚，我想不到她曾經經歷的竟是那樣一種非人的生活。她的憤怒，她的嚎啕痛哭，讓我心裏的柔情頓起，於是過去輕輕地將她攬入自己的懷裏，「夢蕾，對不起，對不起……」

她的痛哭聲在慢慢減弱，她的身體已經溫柔地、完全地依偎在我懷裏了。

「過去了，都過去了。夢蕾。」我輕拍她的後背，柔聲地對她說道。

「你知道我那天為什麼要給你打那個電話嗎？」她抽泣著問我道。

她的這個問題太忽然，一時間我沒有反應過來，「哪天？什麼電話？」

「就是我男人死的那天晚上。你不記得了？」她說。

我當然記得，「那天你沒有被員警叫去？」我問道。

她搖頭，「員警就在我家裏問筆錄。我告訴了員警，我告訴他們，我整天都和你在一起。」

「難怪呢，我說他們怎麼那麼快就來找我呢。」我說。

「我擔心他們懷疑你，或者懷疑是我們兩個人一起作的案。雖然我們都是清白的，但他們的懷疑卻會造成你工作上的麻煩。我知道他們肯定監控了我們的電話，於是我就採用了那樣的辦法，就是給你打那通電話，我相信，我的那通電話會讓員警消除對你的懷疑的。」她說。

我在回憶她的那通電話，以及我們的通話內容。心裏不禁感歎：她真是一個聰明的女人啊。

事情就這樣過去了，雖然我和她的交往開始密切起來，但是我卻始終不願意再去到她的家裏。不是因為我害怕，而是因為我實在不能去面對一個死在自己家的男人。那個我從來未曾見過面的男人，是我心裏的一個陰影。

即使我們在一起，也是在我的寢室，或者某個賓館。

然而我沒有想到的是，這件事情的陰影卻一直籠罩著我和她未來的生活。

其實我心裏還是有些猶豫，我不知道自己是否應該與趙夢蕾繼續發展下去。我同情她，同時心裏也還在喜歡著她。不過我多次問過我自己：你真的喜歡她嗎？經過無數次的詢問後我不得不承認，自己可能更愛的還是曾經的那個她。

但她卻很喜歡我，這一點我完全看得出來。

她賣掉了她的那套新房子，因為裏面死過人，所以她虧損了很多的金錢，但是她依然毫不猶豫地賣掉了它，然後在我們醫院附近重新買了一套新房。

我無法拒絕她對我的這種愛。

也許其他的人在遇到這件事情後，會去找自己的父母徵求意見，但是我沒有。高中畢業時發生那件事情後，父親對我講的那句話深深地刺痛了我的內心——「沒出息！」

當我考上婦產科研究生的時候，父親還是那句話——沒出息！

我就是要和她結婚，就是要和一個已經有過婚姻的女人結婚，因為我也喜歡她！在經過無數次的思考之後我決定了。我的內心很清楚，自己真正做出這樣決定的原因，其實是為了發洩內心的憤怒，發洩父親對自己蔑視的憤怒。

然而，正因為自己清楚自己的內心，所以我才依然地猶豫著。

「我們什麼時候結婚？」趙夢蕾又一次問我道。

「等等吧，畢竟他才死不久。」我說。

「我們結婚與他有什麼關係？」她問。

「怎麼沒關係？雖然你曾經遭受過那麼多的痛苦，但在別人的眼中，你仍然是一位剛剛失去丈夫的女人。你馬上和我結婚，就會引起別人的非議。」我說。

「我不在乎別人。」她激動地道。

「我在乎。我是婦產科醫生，如果被別人懷疑我的人品的話，誰還會來找我看病？你也應該在乎的，因為你並不是一個人生活在這個世界上。夢蕾，我們現在難道和結婚還有什麼區別嗎？」我竭力地找理由去說服她。

「我是女人，我需要的是一個家。明白嗎？」她說。

「等等吧，現在我們馬上結婚確實不合適。你周圍的人會怎麼想？我的同事們會怎麼看待我們？還有……還有那些員警們，他們不也一直認為他自殺的原因還不完全清楚嗎？」我依然竭力地勸說她。她不知道，我現在忽然地開始對婚姻變得惶恐起來。

一直以來，每當我看見那些成雙結對的情侶們的時候，當我看見一對夫妻帶著孩子幸福在一起的那種情景的時候，我心裏對他們充滿著羨慕，同時還會心生嚮往。但是，當一個真正喜歡我的女人已經出現，而且要求我馬上結婚的現在，我卻忽然地猶豫了，彷徨了，甚至害怕了。

她不再堅持，「好吧，那我們就過一段時間再說這件事情吧。」

學醫的人本不應該相信天意什麼的，但是後來事情的發展，卻讓我不得不儘快地做出決定與她結婚。

因為在經歷了那些事情之後我才發現，趙夢蕾，她才是我真正的港灣。

第六章

一日戀人

我不禁苦笑：現在的女孩怎麼變得如此開放了？
不過，我依然放不開，我始終無法把她當成自己的女友。
在我的內心有著一種自卑，而正是這種自卑，
讓我感覺到了與她有著一條無法跨越的鴻溝。

幾天後又是夜班。

正在辦公室裏看書的我卻忽然被驚呆了，因為我看見兩個員警走了進來。現在，我看見員警的時候更加害怕了。因為我覺得，只要員警找上門來就一定不會是什麼好事情。

當然不是前次的那兩個員警。

「你們有什麼事情嗎？」我故作鎮靜地問道。

員警的態度倒是不錯，「醫生你好，我們是這個片區派出所的。」

在我看來，員警的好態度都是裝出來的，他們陰險著呢。「請問有什麼事情嗎？」我又一次地問道，心裏卻惶惶。

他們中的其中一位低聲地對我說道：「這裏有一個剛被強姦的女孩，我領她前來取證，麻煩您配合一下。」

我心裏更加惶恐了，「強姦？與我有什麼關係？」

員警嚴肅地對我道：「你是醫生，有責任和義務幫助我們取證。」

我頓時才明白過來，心裏不住地咒罵自己：馮笑，你也太敏感了吧？強姦的事情怎麼都往自己身上想呢?!

這時候我才發現兩位員警的身後站著一位披頭散髮的女孩。她的頭髮遮擋了她半邊的臉，看不太清楚，身上卻只穿了一件小小的吊帶裙。她的臉上並沒有害羞的神色，也毫無被欺負的悽楚表情，不過似乎很憤怒。我覺得她不像是什麼正經女孩子。

「好的，你們先進來坐一下，我去叫護士。」我隨即對他們說道。

「莊晴，你來一下。」我站在醫生辦公室的門口處叫了一聲。

「什麼事情？」莊晴跑了過來。我發現她的雙眼紅紅的。

「怎麼啦？」我問她道。

「沒事。」她朝我苦笑。

「員警帶了一個人來，要我們協助取證。」我隨即對她說道。

「取證？取什麼證？」她不解地問我道。

「就是從受害人的陰道裏面取出罪犯的精液進行化驗啊。這還不明白？」我對她說道。

「這樣啊。現在到處都是小姐，怎麼還會發生強姦的事情啊？」她問我道。

我不禁又好氣又好笑，「你問我，我問誰啊？」

隨即帶著那個受害者去到檢查室。我一邊給她做檢查，一邊問她究竟發生了什麼事情。

據她描述，案情是這樣的：當晚一點她發現自己的例假來了，住處卻沒有了衛生棉，於是便下樓去販買部買。由於是晚上，她未及多想就只穿了一件半透明小吊帶裙出門了。可是在她還沒有到達販賣部，卻被一雙忽然竄出的手抓住，並強行拖進旁邊的草叢。她想大叫，卻感覺自己的頸部有一柄鋒利的刀緊貼著，而且一個可怕的聲音也忽然沉悶地在耳邊響起：「別叫，不然殺了你！」

「馮醫生，你看，好像不大對勁。」莊晴指了指女孩的陰部對我說道。

我點頭，其實我早注意到了。

她的感染很嚴重。我知道，這絕不是那個強姦犯帶給她的。

我對這個女孩感染類型的第一個判斷就是黴菌性陰道炎，因為這種疾病有一個顯著的特徵就是白帶呈豆腐渣樣的改變，而且有惡臭。根據臨床經驗來看，如果這個女孩從事的是那種職業的話，還很可能有其他類型的疾病，比如淋病或者梅毒。

「順便作一個性病檢測。」我把莊晴叫到一側，低聲地對她說道。

「已經從她的體內取得了精液樣本，下一步的ＤＮＡ檢測是你們拿回去做呢？還是就在我們醫院做？」從檢查室出來後我問員警道。

「我們帶回去。我們的法醫中心可以做。這是證據。」員警說。

我點頭，「有一件事情需要向你們彙報一下，或許可以作為你們破案的線索。」

「哦？你說說。」員警道。

我去看了那個女孩一眼，欲言又止。

「你帶她先回去。」年齡大一點的那個員警對另一個員警道。

他們離開了，員警對我說：「講吧。」

我心裏有些不悅，因為我覺得這個員警也太過沒有禮貌了。不過我只能把這種不悅壓制在自己的心裏，「我懷疑這個女孩患有性病。我們已經取了樣本，準備馬上送到檢驗科去。我想，如果真的是那樣的話，三天之後，那個罪犯就會出現感染的症狀，比如會到某個醫院去檢查治療的。」

「什麼時候可以出結果？」員警問道。

「半小時後吧。」我回答說，「不過這個線索可能也沒有多大的用處，因為全市的醫院那麼多，而且還有很多的私人診所。」

他點頭，隨即卻笑了起來，「這也算是對他的一種懲罰，誰叫他強姦的時候不戴套呢？」

我愕然，隨即苦笑，「那樣的話，你們也找不到證據了。」

他也笑，「是啊。其實呢，我們已經抓到了這個人了。他在實施犯罪後倉惶逃跑的過程中被人看見了，我們巡邏的員警當時就抓住了他。但是這個人卻不承認自己犯罪的事實，所以才到這裏來取證的。」

「這樣啊。」我說，「這個人也真夠倒楣的。」

半小時後，莊晴從急診檢驗室拿回了檢測結果，「真的有淋病。」她說，隨即將化驗單結果交給了我。我看了一眼後交給員警，笑道：「你看吧。」

他看著檢驗單咧嘴笑了笑，「只聽說過有倒楣的，沒見過這麼倒楣的。」

莊晴在那裏強忍著笑，一直到員警離開後才再也忍不住地大笑了起來。

「別這麼大聲，這可是病房！」我急忙地對她道。可是她卻依然笑個不停。我趕忙過去抱住她、同時用手捂住了她的嘴巴，「姑奶奶，別這樣啊。」

她的笑停止了，身體在我懷裏掙扎著，嘴裏發出「嗚嗚」的聲音。我忽然覺得她的這個表現有些奇怪，急忙地鬆開了自己的手。

她大口地喘氣，然後咳嗽，「馮，馮笑，難道你也想強姦我嗎？」

我錯愕地看著她，「別胡說啊。」

她看著我笑，「你這人，有強姦犯的基本素質。」

我哭笑不得，「我？強姦犯還有基本素質？」

「你剛才讓我差點喘不過氣來，我還真的以為你要強姦我呢。」她說，並不像在開玩笑的樣子。

這下我頓時嚴肅了起來，「莊晴，這話可不能亂說的。這是病房。」

她一怔，隨即笑道：「你的意思是說，如果不是在病房，你就可以強姦我？」

我哭笑不得，「莊晴，你可是女孩子。怎麼說起『強姦』兩個字來如此隨便啊？」

「我那麼醜啊？你連強姦我的興趣都沒有啊？」她卻忽然瞪了我一眼後說道。

我頓時被她的話給驚呆了。我聽說過大膽的，可是今天才第一次見到如此大膽的女孩子。

「膽小鬼！」

我正愣神間，卻聽到她對著我說了一句，然後離開了。我不禁苦笑。

在醫院，特別是像外科與婦產科這樣的科室，男醫生與護士之間開玩笑是經常性的。我們科室的老胡就經常喜歡去與護士們亂開玩笑，特別是那幾位年齡偏大的護士。

「都這麼胖了還吃！小心下次生病了做婦科檢查的時候把窺陰器給擠出來！」有一天我聽到他在對護士長說道。

「反正我老公喜歡呢。這樣才夾得緊。你那東西像牙籤一樣，你也應該讓你的女人吃胖點。」護士長還擊道。她說的是「你的女人」而不是「你的老婆」。大家都知道他離婚了，所以即使是開玩笑，也還比較顧忌這個問題。

把窺陰器擠出來是一件真實的事情。據說是老胡自己講出來的。據他講，有一次他上門診的時候來了一位長得特別胖的病人，結果他幾次將窺陰器放進那個女病人的陰道裏面，竟然都給擠出來了。「那病人太胖了！」據說老胡當時在講這件事情的時候，還驚歎了半天。

而這次，老胡卻拿這件事情來與護士長開玩笑。護士長是一個胖胖的中年女人，她可是不願意吃虧的主，於是便用男人最敏感的事情去回敬老胡。

男人對自己那方面的能力、以及自己那東西的大小很在意的。常常有這樣一種現象：能力越差、那東西越小的男人，反而喜歡在他人面前吹捧自己在床上是如何如何的厲害。這其實是一種極度自卑的自我安慰形式。

當我們都以為護士長的那句話會讓老胡啞口無言的時候，卻只見老胡看著護士長在搖頭歎息：「我說呢，原來你老公那東西只有牙籤那麼大啊？難怪你要吃這麼胖呢。這下我理解了，你是為了夾得住他的那牙籤啊。」

所有的人都大笑。護士長明顯的不敵了，「死老胡！你的嘴巴怎麼這麼缺德呢？我不理你了！」

女人就是這點好，一句「不理你了」就可以把矛盾和尷尬化為無形。老胡當然不會再過分，於是笑著去對護士長說道：「回去給你老公講一下，什麼時候他有空的話，我請他喝酒。」

「你們兩個人，在一起喝酒的時候還少啊？你自己打電話給他就是啊。」護士長瞪了他一眼後說道。

「好，今天晚上我就請他。不但要請他喝酒，還要和他比一下究竟誰的牙籤粗一些。」老胡大笑著說。

「這個活寶！」護士長笑罵道，隨即笑得忍不住彎下了腰。

現在，我只是認為莊晴是在與我開玩笑罷了。但我卻不喜歡與護士們這樣，因為我實在說不出那樣的一些話來，而且關鍵的是我還沒結婚。我覺得，那樣的玩笑是已婚者的專利。莊晴雖然也沒有結婚，但她是護士，婦產科的護士。

婦產科的護士個個的嘴巴都很刁鑽狠毒，特別是在面對那些小姐的時候。在婦產科護士們的眼中，小姐是她們女人中最沒有羞恥的人，她們認為小姐患上那種疾病是上天給她們應有的懲罰。

第二天剛剛交完班的時候，莊晴就來找我了，「馮笑，我給你說件事情。」她直接叫我的名字，這讓我還有些不大習慣。雖然昨天晚上她也這樣叫了一次，但我覺得在那樣的氣氛下還可以接受。

我跟著她出了病房。因為她叫了我一聲後就直直地走出了病房去，所以我只好滿懷好奇地跟在她身後。

現在，她穿的是一條淡黃色的連衣裙，她身高一米六多點，皮膚白皙，也許是因為年齡只有二十來歲的原因吧，她的身材看上去並未完全發育成熟的樣子，尚未完全形成曲線。不過她裙子下的小腿很漂亮，讓我忽然想起自己高中時候在無意中看到的一幅畫。

那幅畫是一本舊雜誌的封面，當我的目光經過那幅畫的那一瞬間頓時停頓了，心臟開始猛烈的顫慄。我想不到在這個世界上竟然還有如此令人震撼的美。

畫面上是寧靜的早晨、有一絲微風、遠處有一艘小船划過泛起一道白浪，一位身著白色連衣裙的少女面對著湖畔、正沉浸在自己拉響的小提琴聲中。畫面雖然是一個少女的背影，但她的一切美麗卻都被畫家體現得淋漓盡致。她那妙曼的身材是那麼讓人浮想聯翩、修長圓潤的雙腿是如此的靈動鮮活。她身穿著一條白色薄紗裙，裙子如薄霧一般地在她那雙美麗的雙腿上被微風吹拂……我看著這幅畫，我腦子裏全是趙夢蕾的影子，我覺得畫中的那個美麗少女就是趙夢蕾，是對趙夢蕾美麗的完美詮釋。我第一次感受到了藝術的巨大魅力。

直到現在我都還記得那幅畫的名字——《晨曲》

而現在，我面前的莊晴彷彿已經變成了那幅畫裏面的那位少女，她那雙精細得讓人心顫的小腿，讓我腦海裏那幅畫更加生動起來。

現在我才發現，那幅畫早已經深深地紮根在了我心靈的深處。現在我才知道，那幅畫其實就是青春美麗的代名詞。

出了病房，她忽然站住了。

「什麼事情？」我急忙上前去問她。我發現她的眼睛竟然是紅紅的，神情也很淒然。於是又問：「出什麼事情了？」

「馮笑，今天你有事嗎？」她問我，楚楚可憐的樣子。

「沒有啊。怎麼啦？」我的心頓時被她的樣子融化了。

「陪我出去走走好嗎？我心裏好難受。」她細聲地說。

我不能拒絕，因為她楚楚可憐的模樣，「你想去什麼地方？」

「江邊，可以嗎？」她說。

「好吧，我陪你去江邊。」我柔聲地對她說。現在，她在我眼裏就如同小妹妹一般的讓人憐愛。

「不是城裏的江邊，是城郊的江邊。」她又說。

「行，我們搭車去吧。」我用柔和的目光看著她。

「不，我們坐公共汽車。」她說。

「行，你說怎麼樣就怎麼樣吧。」我依然朝她溫和地笑。

我們兩人坐上了去往城市北邊一座衛星城市的長途客車。

上車後我們找到了一個空位，我讓她坐在了靠窗的位置。剛剛坐下她就挽住了我的胳膊，頭，靠在了我的肩上，「馮笑，你怎麼這麼好呢？他為什麼對我一點都不好呢？」我正忽然緊張起來的時候，卻聽到她在低聲地對我說。我去看她，發現她的雙眼閉著，眼淚正在嘩嘩地流。

我頓時知道，她，可能失戀了。

「莊晴，你沒事吧？」我輕聲地問她道。

「別說話，讓我好好靠著你一會兒。」她說，隨即便沒有了聲息。

長途車已經開動，它發出的轟鳴聲讓我感覺像一個人在哭泣。

莊晴的頭一直靠在我的肩上，雙手緊緊地挽著我的胳膊。我在汽車的轟鳴聲中靜靜地坐著，雙眼看著外邊不住掠過的風景。我的心並不平靜，我在想著最近一段時間來發生的那些事情。我發現，這段時間來，好像自己周圍的世界發生了改變似的，許多事情竟然接踵而至。

與趙夢蕾偶遇，管的病床上來了一位漂亮的第三者，而今天，莊晴這個小丫頭卻因為失戀而把我拉了出來。也許不是這個世界變了，是因為我的心開始浮動。以前，我的生活簡單單調，不大去注意周圍發生的那些事情，所以才覺得這個世界簡單而無趣。我心裏想道。

不，不是這樣的。是因為趙夢蕾的出現才讓我的心開始浮動起來，才讓我沉靜的心開始復甦。我又在心裏對自己說。由此，我頓時覺得趙夢蕾與自己的偶遇並不是那麼的偶然，那應該是上天給予我的眷顧。

難道這個世界上真的有緣分這東西麼？不然的話我們為什麼會偶遇？而且她的男人卻偏偏在這個時候自殺了。所以我覺得，冥冥之中有著一種神秘的力量，正是這個神秘的力量讓兩個有緣的人走到了一起。

一路上我都沉浸在自己與趙夢蕾的那些畫面裏，隨著畫面的展開，我腦海裏竟然在不知不覺中浮現出了我與她那一次次歡愛的場景來。心裏不再平靜，我感覺到自己的呼吸在加快，心裏的躁動也隨之開始萌動……

「到什麼地方了？」我腦海裏那些美好的畫面猛然的破碎了，因為我的耳畔響起了護士莊晴的聲音。

「我也不知道。」我說，「我沒走過這條路。」

「鐵橋！」她卻猛然地大叫了起來，「司機，停車！我們要下車！」

汽車「吱」地一聲停下了，她站起身來，「走啊，下車。」

我不能動，因為剛才腦海裏的那些畫面已經讓我熱血沸騰，而身體也已經發生了變化。

「走啊？怎麼啦？呆了？」她瞪了我一眼，猛地將我從座位上拉了起來。

「要下就快點下啊？別磨蹭！」司機不耐煩地大叫了一聲。我只好跟著莊晴下車。她先下去了，我在車門口的時候，司機卻猛然地將車朝前面滑動起來，慌亂中我猛地跳了下去，身體卻沒有平衡住，頓時撞在了莊晴的身上。

「慢點，你真夠笨的。」她笑著對我說道，隨即來看我的胯部，「你，你好壞！」

我頓時感到無地自容，「這……自然反應。」

「馮笑，都說你沒談戀愛，我怎麼覺得不像呢？」她看著我笑。

這是一座鐵架橋，建在寬闊的江面上。它分兩層，底下一層是鐵軌。

下車的時候我尷尬萬分，而莊晴卻一點不顧及我的面子來嘲笑我。是嘲笑，而不是恥笑。幸好的是，她的注意力即刻地轉移了。

她蹬掉了腳上的涼鞋，赤腳跑到鐵橋的邊上，隨即坐到了地上，雙腿伸出了鐵橋的外邊。鐵橋有欄杆的，所以我並沒有替她感到擔心。

「來啊。快過來挨著我。」她對我說，「這裏很好玩的。」

真是一個小孩子。我苦笑著去到了她身邊，也將鞋子脫掉，然後坐下，將腿伸到了鐵架橋的外邊。

她白皙圓渾的小腿在橋的外邊晃動，「怎麼樣？這裏的風景不錯吧？」

寬闊的江面上一片寧靜，江水很藍，似乎沒有流動的跡象。忽然感覺到一陣涼風吹過，我感覺到透心的涼爽，而此時，江面上也泛起一層層的褶皺。心情頓時好極了。至少這裏涼爽。

「你以前經常來這裏？」我問她道。

「是啊。我心情不好的時候就喜歡到這裏來。」她說。

「你一個人？」我問道，「你一個人到這裏來不害怕？」

「為什麼要害怕？」她反問我。

我想也是。於是笑道：「你一個人在這裏的時候，要是正好有一個畫家或者攝影家路過的話，你肯定會讓他留步的。」

我腦子裏再次浮現出那幅美麗的畫面。

她轉頭來看著我，臉上是美麗的笑容，「馮笑，你挺會討好女人的嘛。」

我也笑，「我說的是實話。」

「你是第一次和女孩子像這樣在一起玩吧？」她問道。

「哪樣玩都是第一次。」我笑了笑。不知道是怎麼的，我的內心刻意地在迴避自己與趙夢蕾的關係。

「你看，船來了！」她朝我古怪地笑了笑，卻忽然去指著我們前方遠處說道。

朝著她纖纖玉指所指的地方看去，就在我們的前方，江面上，遠遠的，一個黑點在朝我們所在的方向緩緩移動，它的速度太慢了，慢得讓人不覺得它在移動。但我知道它在移動的，因為那個黑點在慢慢變大。

「船有什麼好看的？」我笑道。我發現，她與我有著代溝似的，竟然對這樣的地方如此感興趣。

「怎麼不好看？」她轉臉對我說，很是不滿的樣子，「我記得媽媽對我說過，她說，人這一生就如同從遠方開過來的一條船，開始的時候覺得它行走得很慢，但隨著它越來越靠近自己的時候，就會覺得它太快了。於是我每次都到這裏來看船。可是，我還是不明白媽媽的話是什麼意思。」

「你當然不明白。其實我也還不完全明白。不，我是明白，但卻還沒有那樣的感受。」我說。

「你明白？那你說說。」她對我說道，手，已經挽住了我的胳膊。

頓時有了一種溫馨的、異樣的感受。我說：「也許，一個人到了五十歲之後就會發現，自己這一生好像有這樣一種規律：從出生到小學這段時間幾乎沒有時間的概念，從小學到高中雖然已經有了時間的概念，但是卻從來沒有去注意過它的存在，我說的不是具體的時間，是針對人的生命過程而言。然後就是人的青年時代，也就是你現在的這個時候，你會覺得自己每天過得很漫長……」

「你不也和我一樣嗎？你並不比我大多少。不過，我覺得你說的蠻對的。」她說。

「我馬上三十了。」我說，隨即笑道，「不過，我的感覺也是這樣，覺得每天過得很慢，一年的時間就覺得更漫長了。不過，我聽人講過，一個人一旦過了三十五歲之後就會覺得時間慢慢會變得快起來，到了四十歲之後就會感覺到時間正在飛馳，會感覺到一周的時間如同自己以前的一天，一個月的時間如同自己年輕時候的一年，而且，越往後就會覺得過得越快。據說，一個人在三十五歲之後每隔十年就會感覺到時間的速度會成倍地加速，就會感覺到自己距離人生的終點越來越近。」

「不理解。」她搖頭說。

「等你到了三十五歲之後就會感覺到的。」我笑著說。

「我想快點到三十五歲。那時候我就會有自己的家庭，還會有自己的孩子了。有時候我就想，我未來的家庭是什麼樣的啊？我的孩子會是一個什麼模樣？」她說，沉思著。

我看著她這種與她年齡不相當的神態，頓時笑了起來。

「你笑什麼？」她看著我，有些惱怒的樣子。

「莊晴，我覺得你現在不應該去想這些問題。你是這麼的年輕，這個時候應該去好好享受生活。作為女人來講，你現在的年齡是人生最黃金的時期，不要這樣多愁善感好不好？」我看著她柔聲地說。

「馮笑，我終於知道你為什麼一直沒有談戀愛的原因了。」她看著我，忽然地說道。

要是其他女孩這樣對我說話的話，我肯定會惱怒的，但是她，我不會。因為她和我已經很熟悉了，我知道她的性格。而且，她正挽著我的胳膊。

「為什麼？」我微微地笑，眼睛卻在看著從遠處慢慢變得大起來的那艘輪船。

「因為你太老氣橫秋了。我告訴你啊，女孩子是要寵的，而不是像你這樣老是去批評人家。」她說。

我苦笑，「你錯了。我連去批評人家的機會都沒有。」

她詫異地看著我，隨即猛然地笑了起來，「聽說鍾醫生給你介紹過一個女朋友？聽說你看了人家一眼後就跑了？」

我再次苦笑，「別說了。那麼醜一個女的，虧她想得出來。竟然介紹給我。莊晴，不管怎麼說，我還不至於差到那個程度吧？」

「說說，那個女孩長什麼模樣？」她頓時來了興趣。

我卻不想去過多地評論那個女孩的長相，「反正不是我心中的那個形象。那麼矮，而且……算了，別說了，反正我連多看她一眼的興趣都沒有。」

「哈哈！」她大笑，「其實我已經聽人家講過了。那天晚上值夜班的護士告訴我了。這個鍾醫生也真是的，怎麼給我們馮笑帥哥介紹那麼一位啊？你可是婦產科醫生，每天見的漂亮女人還少了？」

「不是那個原因！」我急忙地聲明。

「得，我還不知道嗎？」她癟嘴道，「別說我們婦產科，就是外科的那些醫生，你看，他們哪個的老婆或者女朋友不都是美女？」

我苦笑。

「馮笑。」我聽到她在說，同時感覺到她挽住我胳膊的手離開了我，隨即將我的手握住了，「今天我們假扮一天戀人吧，我好好教你怎麼談戀愛。」

我看著她，心裏的異樣感覺更多了，「莊晴，這種事情也可以假扮的嗎？」

「怎麼不可以？你看電影電視劇裏面的那些地下黨，他們不也假扮夫妻的嗎？雖然我們不是地下黨，但我可以教你怎麼談戀愛啊。怎麼樣？你不會反對吧？」她瞪了我一眼後說道，隨即指了指下方的江面，「多麼好的風景啊，我們坐在這裏，就我們兩個人。你知道這叫什麼嗎？你知道女孩子最喜歡這樣嗎？」

「這叫什麼？」我傻傻地問。

「這叫浪漫。知道嗎？我們女孩子最喜歡的就是這種浪漫了。」她說。

「哦。」我說，依然傻傻的。

她看著我笑，隨即大笑。江面上的那艘輪船已經在我的眼前了，我看得清清楚楚的了，它是一艘客輪，甲板上站著不少的人，他們似乎在朝我們看，我似乎看到了他們羨慕的神情。

輪船的汽笛聲猛然地響起，聲音直達雲霄。而她，將我的手正緊緊地握著。

如果說我與趙夢蕾在一起的感覺是一種責任的話，那麼我現在卻真正地感受到了一種溫馨與柔情。可惜只是假扮。我在心裏歎息。

現在，只要是在下班的時候，我都與趙夢蕾在一起。當然，上班的時間例外。比如現在。我發現，自己現在對趙夢蕾的感情很複雜，一方面，她是我中學時代的夢中情人，另外一方面，她在我心中美好的回憶依然存在，而且有些部分還已經根深蒂固了。此外，她是愛我的，而且她現在已經沒有了丈夫。有一次我問她：「你不在乎我是婦產科醫生嗎？」她回答說：「我喜歡的是你這個人，你的職業不重要。何況我是已經結過婚的女人了，你不也並不在乎嗎？」

當時我默然。

不過，我自己知道的，在我的內心還是有些在乎的。

現在，當我與莊晴在一起的時候才發現，自己的內心還是很喜歡像她這樣的女孩子的。因為與她在一起會讓我感受到一種不一樣的感覺。我知道，自己真正嚮往的還是年輕與活潑。

可惜，我們只是假扮。

莊晴對我說今天我們假扮情侶，我沒有回答她「行」還是「不行」，不過我朝她笑了笑。她在我胳膊上掐了一下，「你真是的，怎麼這麼喜歡玩深沉呢？既然是假扮，就要像真的一樣。」

她掐得我很痛，不由得大叫了一聲，「好好說嘛，幹嘛掐人啊？」

「你再這樣，我還得掐你。」她瞪著我說。

我連忙道：「好。我同意。不過，既然要玩真的，那我可就要占你便宜了。」

「誰占誰的便宜還難說呢。」她說，隨即大笑了起來。

我不禁苦笑：現在的女孩子都怎麼啦？怎麼變得如此開放了？不過，我發現自己依然放不開，因為我始終無法把她當成自己的女友。在我的內心有著一種自卑，而正是這種自卑，讓我感覺到了與她有著一條無法跨越的鴻溝。

「火車來了。」我心裏正胡思亂想的時候，猛然聽到她在說道。

我四處張望，卻並沒有看到火車的影子。

「橋已經在抖動了。你沒感覺到？」她問我。

「除了我心臟在抖動，什麼也沒感覺到。」我大膽地說了一句。

「憑笑，其實你很喜歡我的，是嗎？」她看著我說。

「我……」我發現，自己現在說「是」與「不是」都好像不對了。

「吻我。」她說，聲音很小。

我看著她，發現她已經閉上了眼睛。我猶豫著不知道該怎麼辦，「莊晴……」

「吻我……」她再次說，聲音極富誘惑力。

我看著她，緩緩地將自己的唇去到了她的唇上。剛剛一觸，便猛然地感覺到了她的疾風暴雨——她的唇是如此的滾燙，舌，猛然地伸入到了我的唇內，然後像蛇一般地朝我纏繞了過來。忽然到來的激情讓我有些措手不及，我發現自己的身體僵直著，而我的舌卻已經開始與她共舞。

鐵架橋在開始劇烈地抖動，伴隨著震耳的汽笛聲，一列火車在我們的下面滾滾而過……

我和她，伴隨著火車帶來的顫抖瘋狂地擁吻，我感覺到自己的血液開始在沸騰，沉積於內心多年的激情開始在迸發，隨著火車的轟鳴聲。

緩緩地，我們急速的呼吸聲在開始減緩，因為火車已經遠去，腳下的輪船已經到了我們身後的那一側……

「你好壞。你看，你又硬了。」我聽到她在說，隨即感覺到自己的胯間被她的手輕輕地拍打了一下。

我承認自己剛才是動情了，不僅僅是感情，還有春情。

不過，在激情遠去之後、在被她調笑的這一刻卻依然感到了羞愧，「我，我……不好意思。」

「這說明你是一個正常的男人。有什麼不好意思的？要是你沒反應的話，感到悲哀的應該是我呢。」她卻如此說道。隨即將唇遞到了我耳邊，「車來了，我們去溫泉。你趕快把你那硬硬的地方縮回去。」

「還是護士呢，這地方怎麼可能說那樣就那樣啊？」我苦笑道。現在，我發現自己真的變得膽大起來了，而且內心裏面充滿了渴望。雖然隱隱地覺得今天她的這種表現有些怪異，但是卻不想、也不願意去過多地分析裏面的原因了。管她的！又不是我自己主動的！我在心裏想道。

現在，我相信她肯定不是第一次到這地方來了，因為不一會兒就真的有一輛長途汽車到達了這座橋上。幸好我已經恢復如常。

汽車行駛了半小時後我們下車。下車後才發現這是一個小鎮。

莊晴帶著我去買了一些水果，還有一些餅乾之類的乾糧。

「需要買泳衣和游泳褲嗎？」我提醒她道。

她看著我笑，「不需要。」

我暗自奇怪，但是卻不好再說什麼。

接下來她帶著我上山。我也不再問，只是跟在她的後面。她的小腿美極了，在上山的路上晃得我心旌搖曳。

不知道走了多久，我們到達了一處幽靜的瀑布處，「到了。」她說。

「你不是說去溫泉嗎？」我問道，不過，我覺得這地方很美。

「這裏也是溫泉。瀑布的上面就是溫泉，所以這裏的水很暖和。」她回答，示意我放下東西，「這地方怎麼樣？」

「不錯。」我說。心裏已經隱約感覺到接下來會發生什麼了。這裏很幽靜。

「我很喜歡這裏。」她說，隨即看了我一眼，「脫衣服吧，我們下水。」

「你帶了泳衣？」我詫異地看著她，卻忽然想起她在來的時候並沒有帶任何的東西。

她的回答讓我目瞪口呆，「這地方還需要什麼泳衣？我們裸泳。」

很多時候就是這樣，當預感到某種美好的事情即將來臨的時候會讓人激動萬分，但是當那一刻真正出現在自己面前的那一刻，卻往往會出現惶恐與不安。現在的我就是如此。

所以，我傻傻地呆立在了這裏。而她，身上淡黃色的連衣裙正在緩緩褪下……

我驚呆了，隨即變得癡迷起來——

莊晴是一個小巧玲瓏的女孩，平常我不大去注意她的身材，只是覺得她看上去還比較順眼罷了。而現在，當她褪去了她那條淡黃色的連衣裙之後，當她只有乳罩和細小內褲的雪白纖細的身體展現在我面前的這一刻，我才猛然地發現她竟然是如此的美麗。

「喂！你傻看什麼？快下來啊。」我正癡癡地看著她的時候，耳邊猛然地響起了她的嗔怪聲。

「來了。」我慌亂地道，急忙褪去自己的短袖襯衣，還有長褲。

「來幫我把乳罩解開。」她對我說，聲音嬌嗔而極具誘惑力。

我快速朝她跑去，腳下泛起波瀾，與我現在的內心一樣。

我沒有想到這個小丫頭發育得竟然這麼好。當我解開她乳罩的那一瞬間，頓時發現她的前胸兩個白兔般的乳房噴薄而出。它們是那麼的完美，沒有一絲的下垂。

我見過無數女性的乳房，知道它們的形狀不僅僅是因為年齡的因素而不同，更多的卻是個體的差異。而現在呈現在我眼前的它們竟然是如此的完美，完美得找不到一絲的瑕疵。C罩杯，櫻紅色的兩粒，乳暈也是淡紅色的，它們的整個形狀呈完美的半圓形，它們就是這樣驕傲地呈現在了我的面前。

「太漂亮了！」我不禁讚歎。

「是嗎？」她笑吟吟地道，沒有一絲的羞意。

我點頭，「太完美了。」

「看你色瞇瞇的樣子！」她卻忽然拍打了我前胸一下，「你看過那麼多女人，竟然還對我感興趣啊？」

「我是男人。」我正色地對她道。

「我相信。」她忽然大笑，猛然推了我一下，「撲通」一聲撲向了水潭的深處。我也跌倒了，隨即快速地朝她游了過去。

她站在了水潭的中央，她的面前，一隻白色的小小的內褲漂浮著。她在朝我怪怪地笑……

這確實是溫泉流下來的水，它們很溫暖。

我和她在這裏親熱了一整天。我們一次次地激情，一次次地讓這個小潭泛起波浪。我們變換著各種姿勢，讓我們內心的激情一次次釋放……

終於，我們都累了，餓了。

「馮笑，我上當了。」我們坐在小潭的邊上，身無寸縷，不遠的陽光下是我們的內褲。

「什麼？」我一時間沒有明白她話中的意思。

「你絕對不是第一次。」她說。

「你也不是。」我笑著說。

「我當然不是啦。」她瞪了我一眼，「你不是說你從來沒有戀愛過嗎？」

「戀愛和性愛是一回事情嗎？」我反問她道。

「你，你不會去和外邊的那些……。」她詫異地看著我問道。

我急忙地道：「打住啊。我才沒那麼墮落呢。」

於是她笑，「無所謂，反正與我沒關係。」

現在，我才開始慢慢清醒，「莊晴，我們為什麼會發生這樣的事情？」

「你不會因此喜歡上我了吧？我告訴你啊，我們今天發生的事情到此為止。明天過後，我們依然只是同事關係。」她說。

我心裏頓時跌落到了谷底，「我總得知道這是為什麼吧？」

她看著我，「昨天，我聽到有人告訴我說，他，他竟然曾經與其他女人同居過。所以，我也要這樣一次。不然的話我豈不是虧了？」

她的回答讓我目瞪口呆、瞠目結舌，「萬一要是別人騙你的呢？何況，現在他喜歡的是你啊。」

「我知道是真的。因為告訴我的就是曾經與他同居的那個女人。」她說，神情忽然變得淒苦起來。

「你上當了，她是要你放棄呢。」我說。

「我知道。所以我才找了你啊。你不會去告訴我男朋友我們今天的事情吧？」她看著我說。

我搖頭，心裏依然覺得這件事不可思議，「莊晴，現在你覺得好受了是吧？」

她搖頭，「不，我更難受了。」

我唯有歎息。

「我告訴你啊，我們到此為止。」她瞪了我一眼後對我說道。

我心裏感覺極不舒服：原來你只是把我當成了對男朋友洩憤的對象而已。「莊晴，既然這樣，那你今天晚上還得陪我。你不是說了嗎？明天過後我們才變回同事關係呢。」

「你真壞。」她說，卻並沒有生氣的樣子，「行，我再陪你一晚上。馮笑，雖然我並不愛你，不過你蠻厲害的。」

太陽下山的時候我們回到了公路邊，然後乘坐長途汽車返回了城裏。我和她都關掉了手機，然後一起去吃了晚餐，一起去到了一家酒店。

一夜未眠，我們盡情地歡悅，一次又一次。

天亮時我們終於停歇下來。「莊晴，謝謝你。」我擁住她真誠地對她說道。

「你幹嘛要謝我？」她柔聲地問我道。

「因為你讓我有了信心，讓我忘卻自卑。」我說，然後深情吻了她的唇一下。

現在我才發現女人有時候真的很奇怪，她們像一種善於忘記的動物，而且精力很旺盛。

第二天上班後我開完了醫囑，然後去給主任請假，「我感冒了，很不舒服。」主任沒有為難我，「你眼圈都黑了，回去好好休息吧。對了，明天你的門診有問題嗎？」

「沒問題，我會堅持去的。」我說。

我實在堅持不了了。昨天晚上與莊晴在一起徹夜未眠，無論是精神和體力我都已經不能承受了。

在病房的過道上碰上了莊晴，她朝我笑了笑，然後離開。她像平常一樣，僅僅是對我淡淡地笑了笑。我頓時怔住了，隨即叫住了她。

「什麼事情啊？馮醫生。」她站住了，然後笑吟吟地問我。

「你不回去休息啊？」我低聲地問她道。

她搖頭，隨即低聲地對我說了一句：「馮笑，你是男人，說過的話要算數。」

「算數，算數！」我慌忙地說，然後快速地轉身離開。

回到寢室後才忽然想起了一件事情，於是急忙將手機打開。一會兒後就發現上面有好幾條資訊。都是在昨天晚上之後的，還有一條是今天早上的。

想了想，急忙給她撥打，「幹嘛呢？昨天不是你休息嗎？怎麼關機了？」她問我道，卻並不是責怪的語氣。

「我出診去了。手機沒電了。昨天晚上在一家指導醫院做了好幾台手術。現在才剛剛回來。」我說。

「這樣啊，那你休息吧，中午我給你帶飯來。」她說。

「中午我不吃飯了。晚上吧，晚上我們一起吃飯。」我說。

「行。晚上吃完飯後我們一起去看一下新房子的裝修。」她說，「對了，昨天晚上我一個人無聊，於是就去給你買了幾件衣服。」

我心裏頓時感受到了一種溫暖，同時也有了一絲愧意，「你又花錢了？」

「他以前那樣對我，不過還算他有點良心，給我留下了一大筆錢。不花白不花。」她說。

我忽然覺得不大舒服，因為她給我買衣服花的是那個死去的人的。不過我卻不好說什麼，「我睡了。太疲倦了。」

隨即壓斷了電話。我知道，自己對她僅有一絲愧意的原因就在這裏。

一直睡到下午四點過才起床。洗完澡後去到了病房。看到莊晴的眼圈黑黑的，不禁有些心痛。本想再次勸她回去休息的，但是她卻在看了我一眼後就轉身離開了。我感覺到她是有意地在這樣折磨她自己。不禁歎息。

晚上與趙夢蕾一起吃了晚餐，然後一起去看那套正在裝修的新房子。說實話，我根本就沒有什麼興趣。

而她卻興趣盎然，在我面前喋喋不休。我只好配合她的高興。

第七章

陰道裏的異物

在婦產科門診，我見過女性的陰道裏
有過黃瓜的碎片、其他情趣用品的殘留物，
但是這馬鈴薯，而且還是煮熟的，這可是第一次遇見。
我頓時明白了她為什麼要到醫院來了，
因為這東西她自己根本就不可能弄出來。

第二天是門診。

讓我沒有想到的是，那個姓常的女局長竟然來到了我的診室，而且她要我解決的問題竟然是那麼的古怪。

她到我的診室不是因為湊巧，而是她特地來找我。

「我去你們科室問了，她們說你今天上門診。」她對我這樣說。

「有什麼事情嗎？」我問道，以為她是來問我余敏的事情。

「上次我發現，你是一個很不錯的醫生。所以就來麻煩你了。」她說。我發現，她的臉竟然是通紅的。

我暗暗地奇怪，「說吧，什麼事情？」

「我……你幫我看了就知道了。」她的臉更紅了，「馮醫生，你會替我保密的，是吧？」

「當然。這是我們當醫生必須做到的。」我說。

「拜託了。」她低聲地道。

現在，她給我的第一感覺就是：她肯定患上了難以啟齒的疾病。想到她男人與余敏的那種關係，我覺得發生這樣的情況並沒有什麼奇怪的。

然而不是。當我吩咐她躺倒在檢查台的時候，當我看見她陰道裏那東西的那一瞬間，頓時對這個女人產生了一種同情。

「這是什麼？」看著窺陰器裏面那團黑乎乎的東西，我問道。

護士在旁邊笑。

「馮醫生，你能讓這個護士離開嗎？」她對我說道，很惱怒的語氣。她的這個要求讓我感到很為難。「醫院要求我們在給病人檢查的時候，護士必須在場。」我對她解釋道。

「那你讓她離這裏遠點。」她說。

我覺得她雖然還有局長的架子，但是剛才護士的那個笑確實不應該。於是去看了護士一眼，「你到那邊去吧。在診室裏面就行。」

護士瞪了病人一眼，然後離開，「我還懶得看呢。丟人！」

「不要這樣！」我批評她道，「你們都是女人，何必呢？何況你還是護士！」

護士的臉紅了一下，然後離開。

「馮醫生，謝謝你。」女局長對我說道。

「是我們的工作沒做好。請你原諒。」我柔聲地對她說。心裏不禁歎息：這麼要強的一個女人，到了這裏也只好如此忍氣吞聲。

「現在可以告訴我了吧？裏面究竟是什麼東西？」我問道。

「馬鈴薯。煮熟了的。」一會兒後她才低聲地說道。

我頓時哭笑不得。在婦產科門診，我見過女性的陰道裏有過黃瓜的碎片、其他情趣用品的殘留物，但是這，馬鈴薯，而且還是煮熟了的，這可是第一次遇見。

我頓時明白了她為什麼要到醫院來了，因為這東西她自己根本就不可能弄出來。它是圓球形的東西，而且容易破碎，而且還有一定黏性。

去拿來了一個更大號的窺陰器，將她的陰道擴張得更大一些，然後用鉗子一點一點地將裏面的東西夾出來。確實是煮熟的馬鈴薯。

我很細心，因為我發現許多的馬鈴薯碎末已經黏貼在了她的陰道壁上。十多分鐘後才差不多清理完畢了，然後用生理鹽水開始沖洗。

「謝謝你。」她從檢查床上下來後對我說。

我朝她點頭，「當天下午余敏就轉院了。我也不知道她去了哪家醫院。」我有意地轉移話題，不想讓她太尷尬。

「我已經和他離婚了。」她低聲地說，「不想再去管他的那些事情了。」

我點頭，心裏卻對她產生了更大的同情。

「你的病歷。」我將寫好的病歷遞給她。隨即去對護士道：「叫下一個吧。」

她拿著病歷看了看，再次對我說道：「謝謝你，馮醫生。」

我朝她點頭，面無表情，「我開的藥你一定要去拿。你這種情況很容易感染。」我知道，在現在這種情況下自己使用任何的表情都只能讓她感到尷尬的。我當然知道她為什麼要謝我，因為我在她病歷上寫的是：黴菌性陰道炎。還在後面開了相應的治療藥物。

她離開了，在離開之前看了我一眼，欲言又止。

「馮醫生，這是你的熟人？」護士過來問我道。

我覺得她的話怪怪的，「她一個親戚在我們病房住過院。」

「我說呢。」她笑著說。

「她其實很可憐的。你不應該那樣嘲笑她。」我趁機批評她道。

「剛才她說她離婚了，是很可憐，是我不對。」護士說。

「我是男醫生，你這樣的話，今後還有誰來找我看病啊？你說是不是？」我覺得她還沒有從根本上認識到她的錯誤，不過我也覺得採用大道理去說服她不一定有什麼效果。

「對不起。」她真誠地對我說道。

「叫下一個吧。」我朝她笑了笑說。我知道，她們這樣的問題不是一天兩天可以改掉的。因為我覺得，女人對女人似乎有著一種天生的敵意。

一整天看了大約有二十多個病人，下班的時候疲憊不堪。

回到寢室後聞到一股香噴噴的氣味，我分辨出來是燉的雞湯。

「好香！」我讚歎道。

「你上了一天的門診，我給你補補。」趙夢蕾笑著對我說。

「好累！」我說，心裏暖呼呼的，隨即躺倒在床上，「我睡一會兒，吃飯的時候你叫我。」

「我給你捏捏肩膀吧。」她說。

「嗯。」我說，頓時感覺到一種家的溫馨。

她的力度正好合適，我感覺舒服極了，「夢蕾，我們結婚吧。」

「你決定了？」她問。

我點頭，「嗯。我太想有個家了。」

「為什麼今天忽然想起來了？」她問。

我當然不能說昨天與莊晴在一起的事情，也不可能對她講今天那位局長的事。

不過，現在我知道了，對於一個女人來講，家對她們似乎更重要。就拿那個局長來說吧，她剛與自己的男人離婚就出現了這樣的情況，想起來，她真的很可憐。

「今天上門診，有件事情很好笑。」我決定把另外一個病人的事情告訴她，因為這不涉及到病人的隱私。

「我一直很想聽你講你們科室的事情，可是不好問你。你又不主動給我講。」她笑著說。

「我們的工作涉及到病人的隱私，有些事情是不能講的。這是最起碼的職業道德。」我解釋說。

「那你要給我講的這件事情，不會涉及到病人的隱私吧？」她問道。

我搖頭。本來我以為她會責怪我的，因為我剛才的話說的雖然是事實，但很可能被她認為是我對她的一種不信任。但是她沒有生氣。我現在才發現，她真的與眾不同。

「今天下午來了個病人。」於是我開始說，「病人倒沒什麼，好笑的是她的男人。」

「哦？怎麼好笑了？」她問。

「他非得要跟著他老婆進檢查室。」我笑著說，「你是知道的，這是絕對不允許的。可是他卻在那裏大吵大鬧，還說什麼他才知道他老婆的所有情況。他大聲地對我講：『我老婆自己都不清楚她自己的情況，她例假的週期、什麼時候是安全期、什麼時候排卵、要多大號的衛生棉，這些情況只有我最清楚！』我和當班護士勸說了他很久，還有其他病人都罵他，他這才算了。」

她也笑，「這樣的男人真是極品啊。後來呢？」

「後來，我給病人做完了檢查後才發現，她竟然已經懷孕兩個多月了。於是我跑出去狠狠地批評了那個男人一頓，『你還什麼都瞭解呢，你連你老婆懷孕了都不知道，竟然還好意思說你最清楚她的情況！』哈哈！那個男人當時就蔫了，嘴裏不住地說：『怎麼會呢？怎麼會呢？』」

她大笑，「竟然有這樣的事情啊？不過這個男人可真夠優秀的。」

我點頭，「其實啊，醫院也是一個社會的縮影，什麼人都有的。」

她看著我，柔情滿眼，「馮笑，你會做得比那個男人好。是不是？」

我一怔，隨即笑著對她說：「那是當然，至少你懷孕了我肯定知道。」

她也大笑，「那肯定。」隨即將我擁住，俯身來親吻我，「你想要孩子嗎？」

我點頭。

「那，我們從今天晚上開始就好好努力吧。」

新房裝修好後，我和趙夢蕾就結婚了。

我沒有通知科室的人參加我們的婚禮。因為我和她根本就沒有打算舉行儀式。不舉行儀式的想法是我提出來的，因為我覺得她畢竟有過一次婚姻，這件事情沒有必要大事張揚。

當然，她沒有不同的意見。

在電話上，我把自己結婚的消息告訴了我的父母。

當時是母親接的電話。

她是認識趙夢蕾的，因為中學的時候她多次去開家長會，知道我們班上有個漂亮女同學叫趙夢蕾。縣城本來就不大，在知道趙夢蕾是誰家的孩子後，母親就知道她的模樣了。

母親在電話裏面激動萬分，「好，好，結婚了就好。」

我並沒有告訴她趙夢蕾曾經結過婚的事情。

不一會兒父親接過了電話，「她這麼多年了一直單身？」父親問我。

「不，她愛人去世了。」我只好實話實說，心裏有一種快意。

我當然不認為自己這是一種報復，不過我知道，自己到現在依然逆反。

父親掛斷了電話，沒有一句多餘的話。

我悵然若失。

科室裏面最先知道我結婚消息的人是莊晴。因為她忽然在最近提出要給我介紹女朋友。「我都已經結婚了，還介紹什麼女朋友啊？」我朝她苦笑。

她詫異地看著我，隨即展顏而笑，「恭喜啊。」

我看著她，「你呢？怎麼樣？和你男朋友還好嗎？」

「很好。」她說。

我覺得現在的小女孩真的很難理解。

自從上次的事情後，她在我面前完全恢復到那種既熱情、又有一定距離的同事之間關係，就彷彿那天的事情不曾發生過一樣。由此我完全相信那天她的那種做法僅僅是為了報復她男朋友，或者為了心理上的平衡。

我覺得她的心理不大正常。不過，我自己知道，我不可能和她一樣，至少在我的內心深處還是把她當成了自己的女人。不需要一直佔有，但我們畢竟曾經擁有過。就是這樣的感覺。

所以，我認為自己還是比較傳統。雖然在行為上不能完全地控制自己，但我的內心我自己清楚。

其實，我知道她的內心也是有我的，不然的話，她幹嘛給我介紹女朋友？

有件事情我沒有想到。

就在我與趙夢蕾辦理好結婚證的第二天，那位叫錢戰的刑警支隊隊長就來找到了我。

「馮醫生，恭喜啊。」他約我去到了醫院外邊的一家茶樓，剛一坐下，他就笑瞇瞇地向我祝賀。

我很詫異，「你怎麼知道的？」

「我是員警，當然知道了。」他淡淡地笑。

「你一直在調查我，我們？」我頓時不悅起來。

「你別誤會。」他說，「趙夢蕾男人的案子是我經辦的，直到現在有些問題我都還沒有搞明白。所以定期瞭解一下你們的情況這很正常。」

「案子不是已經結了嗎？難道你們還在懷疑我們？那天的情況你們很清楚，我和趙夢蕾根本就不在現場。」我說，憤憤的表情表露無遺。

「是。我沒有懷疑你們啊。呵呵！只是聽說你們結婚了，所以專程來祝賀你們。」他笑著說。

他這樣講我也就無話可說了，不過，我已經完全沒有了與他繼續交談下去的興趣。「錢警官，我還在上班，我就先告辭了。」

「行。」他笑著說，「我的電話你有吧？如果你有什麼情況的話，可以隨時與我聯繫。」

「如果我有目擊了兇殺案的機會的話，我會即刻與你聯繫的。」我說，隨即扔了一百塊錢在服務員的手裏後，轉身離去。

我沒有告訴趙夢蕾這件事情，我不想讓她不高興。不過我在回科室的路上刪掉了錢戰的號碼。

婚後的生活是幸福的，讓我真切地感受到了家庭的溫暖。早上醒來有熱騰騰的牛奶和麵包，中午她也回家給我做飯。晚餐後一起出去散步，偶爾去看看電影什麼的。我們的日子過得很溫馨，我相信大多數家庭都應該是這樣。現在，我和她都已經不再追求浪漫，只需要平常的生活。

然而，我發現了一個問題。

半年之後，她依然沒有懷孕的跡象。

我不方便問她，只好從側面去提醒她這件事情。「夢蕾，你覺得我們什麼時候要孩子合適？」一次晚餐的時候我終於說起了這個話題。

「你是不是很想要孩子？」她問我。

「其實，我對要孩子的事情也不是那麼迫切，因為我還無法想像自己有了孩子會是一種什麼狀況。不過，一個家庭總得有個孩子是吧？至少等我們老了後，有天倫之樂是不是？」我笑著對她說。

她點頭。隨後卻沒有了下文。

有一件事情我一直很疑惑——按照她與她前面那個男人結婚的時間推算，他們的孩子起碼應該有五六歲了吧，但是據我所知的是，他們卻一直沒有孩子。我覺得這種情況無外乎有以下幾個原因：她男人不育；她不育；兩人感情不合。我希望是第一種或者是第三種原因。

其實我很懵懂。因為在決定與她結婚的時候，我心裏並沒有把孩子的事情作為主要的因素去考慮，當時我覺得兩個人感情好就行，至於孩子，那是順其自然、理所當然的事情。

而現在，當我提及這件事情的時候，卻沒有得到她的任何回應。我心裏暗自疑惑。

我和她開始進入沉默。

「你怎麼啦？」我問道，目的是為了打破這種沉默。

她朝我笑了笑，「沒什麼。」

我也笑，「你別在意，我只是隨便說說。我們才結婚，多玩幾年後再要孩子也行的。」

「萬一我生不了呢？」她問，臉色忽然變得蒼白起來。

「也許是我的問題呢。要不我們都去檢查檢查？」我說。

「我是說，萬一是我的問題呢？」她問我，沒有來看我。她在低頭吃飯。

「那就不要孩子吧。」我說。心裏並沒有十分在意。因為現在我對孩子的事情還沒有什麼概念，也不覺得沒有孩子是一件什麼重大的事情。最多會有一種遺憾的感覺。我心裏想道。

「萬一這樣的話，我們今後就沒有了天倫之樂了。」她依然低頭在對我說。

我頓時笑了起來，「現在科學技術發達了，實在不行還可以做試管嬰兒。再不行的話就去抱養一個就是。」

她猛然地抬頭，眼裏充滿了淚水，「馮笑，你真好。」

我忽然明白了什麼，「夢蕾，你以前檢查過？你真的不能生育？」

她點頭，滿臉的悽楚，「也不是說不能生育，只是因為我曾經患過結核，醫生告訴我說輸卵管堵塞了。他，他以前就是因為這個原因打我。」

我內心的柔情驟然升起，伸出手去將她的手握住，「萝蕾，我和他不一樣的。我會對你好的。你放心。何況，輸卵管堵塞也不是一定不能生孩子。我是婦產科醫生，我會想辦法解決這個問題。呵呵！幸好不是你卵巢和子宮有問題，實在不行的話，我們就去做試管嬰兒。」

「我以前諮詢過，試管嬰兒的成功率不到百分之三十。」她黯然地道。

「百分之三十也是機會啊。萬一不行的話，就我們兩個人過一輩子吧。我們國家的人口已經這麼多了，我們正好為計劃生育作貢獻。」我柔聲地對她說道。

「馮笑，你真好。」她開始流淚。

我心中的柔情開始全部釋放，即刻從座位上站了起來去到她的身旁，伸出雙臂去將她緊緊擁在自己的懷裏。

她在我懷裏嚎啕大哭。

多年之後我才知道，有些事情並不像自己想像的那麼簡單。一個家庭缺少了孩子的話，就會變得畸形。

那次門診後沒幾天，在我夜班後，那位姓常的女局長給我打了一個電話。我也不知道她是從哪裏找到我電話號碼的。

「馮醫生，我想請你吃頓飯。有空嗎？」

「常局長，吃飯就用不著了。有什麼事情的話，你儘管說。」想到那天她來看病的情景，我心裏頓時對她產生了一種憐惜，所以在電話上我極盡客氣。

「沒事。就想請你吃頓飯。馮醫生，我可是把你當成朋友了啊，這個面子總得給我吧？」她說，語氣軟軟的。我想到她是局長，那天在病房那麼強勢，但她畢竟還是聽了我的話，後來並沒有再去為難余敏。而且，上次她到門診來找我是一種特意，這本身就說明了她對我的信任。所以，我答應了。

我覺得，她找我絕不是僅僅想要請我吃飯。這裏面的道理很簡單：她因為那樣的情況到門診來找我解決，這樣的事情過後，本應該對我避之唯恐不及才對。

吃飯的地方被她選在了距離醫院不遠的一處五星級酒店裏面。這當官就是好，這樣的地方我還從來沒來過。當我步入到酒店的大廳、看著四周富麗堂皇的氛圍的時候不禁在心裏想道。

到了她告訴我的樓層後，才知道這裏原來是西餐廳。來這地方吃飯的人並不多，不過環境確實不錯。進去後便聽見如同溪流般的音樂聲在耳邊潺潺流動，心裏頓時有了一種如沐春風的感受，腳步也開始變得輕快起來。

一架大大的漂亮白色鋼琴，一位長髮披肩的漂亮女孩正舒緩著她那雙修長的手閉目彈琴，完全沉醉在她自己的琴聲裏。我看著她，不禁有些癡了——多麼漂亮的女孩子，她是如此的絕美，如此的與這個世界格格不入，或許她早已經忘卻了四周的一切世俗，正徜徉於她自己的童話世界裏……

不由得停住了腳步，試圖與她一起進入到她的音樂世界。我發現，自己又一次被藝術的美所俘虜。

「馮醫生……」猛然地，我聽到一個聲音在叫我。急忙朝那個聲音看去，是她，她在朝我招手。心裏微微地歎息。

「謝謝你能來。」我在她對面坐下後，她微笑著對我說道。

「我不會拒絕一位朋友的邀請的。」我也朝她微微地笑，隨即又說道：「我們都需要朋友的，你說是嗎？」

她一怔，隨即歎息著說：「馮醫生，你說得太對了。」

「常局長，我只知道你姓常，還不知道你的全名，也不知道你是哪個局的領導呢。」服務員給我端來了咖啡，估計是她早就點好了的。我淺淺地喝了一口，隨即問道。

「我叫常育，今後你就叫我常大姐吧。我在朝陽區民政局上班。」她朝我微笑。

「你還這麼年輕，我怎麼可能叫你大姐呢？」我笑道，隨即又問她：「民政局是幹什麼的？」

她詫異地看著我，隨即笑了起來，「看來你們當醫生的，還真是兩耳不聞窗外事啊。」

我笑道：「只是聽說過這個單位，你們具體幹什麼的我不知道。好像是發放補助什麼的吧？」

「那只是一個方面。」她笑著說，「我們負責的範圍很多，說起來也很複雜。不過有一方面的工作與你們醫院有關係。」

「哦？是嗎？」這下輪到我詫異了。

「是啊。你們治死了人，我們負責火化和安葬。」她說，隨即掩嘴而笑。

我詫異了一瞬，隨即也笑了起來，「原來是一條生產線上的。」

就這樣，我和她就開始變得隨意起來。

她吃西餐的動作很優雅，而我卻顯得有些笨拙。不過我很快就掌握了使用刀叉的技巧。我發現，吃西餐與做手術差不多——用叉子固定食物，然後用刀子切割。

不過，優雅這東西可是不能夠在短時間裏面養成的。

「馮醫生，你知道我為什麼會在這麼短的時間裏面對你產生信任嗎？」她吃下一小塊六分熟的牛排，然後放下叉子，用紙巾沾了沾唇，微笑著問我道。

我繼續地切割面前的牛排，將它切成許多小塊。「為什麼？」我問她。

「因為我那天從你的眼中看到了一種其他人沒有的東西。」她說。

我頓時詫異了，隨即放下了手上的刀叉，「是嗎？我自己怎麼不知道？」

「你是一位非常合格的醫生。你的眼中有著對病人發自內心的柔情。」她說，「那天，我本來心情特別不好，很想去好好教訓一下那個女孩子。但是，我到了你們科室後，當你冷冷地對我說話的時候忽然發現，你的眼神中有著一種淡漠，還有就是，我看見你對那個女孩流露出了一種自然的溫情。當時我還以為你喜歡上了那個女孩呢，但是後來我發現不是那樣。所以我頓時明白了，那是一種純粹的醫生對病人的溫情。你的眼神很純淨，不帶一絲的雜色。那一刻我就知道了，你是一個很正派的人。與其說當時是我的火氣消失了，還不如說是我被你的那種純淨感染了。那天離開醫院後我就想，或許你是一個值得信任的人。」

我在心裏暗暗地慚愧。因為只有我自己知道，那時候的我確實對余敏有著某種期盼。「我的職業要求我們這樣。」我說。

她卻在搖頭，「不，職業要求僅僅是一個方面，最重要的是，你的內心很純淨。」

「謝謝。」我說，發現自己越加的慚愧了。

「馮醫生，你是不是覺得我這樣的女人很可笑，而且還很可悲？」她忽然地問我道。

我搖頭，「不，在我的眼裏，你是一個遇到了問題的病人。而我是醫生，我的責任就是解決好你的問題。僅僅是這樣。常局長，有句話不知道我該不該對你直接講？」

「你說吧，我聽著呢。」她低聲地道。

「你到門診來的事情。我並不認為你是為了發洩，我覺得你是在折磨你自己。常局長，你是女人，而女人永遠都是美麗的，你不該這樣。」我歎息。

她怔住了。

「對不起，也許我不該對你說這樣的話。不過，我說的是真話。」我繼續地道。

「馮醫生，你說得對。謝謝你。看來我認你做朋友沒錯。」她的聲音變得幽幽地，「我和他是大學同班同學，畢業後我們都分到了省城。那時候我們真苦啊，每個月除了吃飯的開支外連買衣服的錢都沒有。不過我覺得那時候的我們很幸福，因為我們總是互相鼓勵、互相攙扶著去面對一個個的困難。後來，我們的境遇慢慢地發生了變化，我們的才華都慢慢地得到了上級的認可。但是，他卻變了，完全地變了……你說得很對，我是在折磨我自己。在別人的眼中或許我是一個成功的女人，但是他們不知道，一個被自己男人拋棄了的女人，即使她在事業上再成功也是失敗者。對於我自己來講，根本就無法去面對自己現在的一切。唯有……唯有在你面前，因為你是醫生，一位我覺得還可以信任的醫生，只有在你面前我才可以放心地將自己完全地敞開。馮醫生，有時候我自己也覺得不可思議，我覺得自己竟然會莫名其妙地對你產生這樣的好感，並且會在你面前忘卻所有的羞恥……」

聽著她的聲音幽幽地在耳邊迴響，甚至還有一種如泣如訴的味道，我頓時忐忑起來。

是的，我很忐忑，因為我從她的話語中聽出了一種不一樣的東西。「常局長，謝謝你對我的信任。」

「你別誤會。」她看了我一眼，「我的話沒有其他的意思。很多人說男女之間不會有真誠的友誼存在，但我不這樣認為。至少現在我不再這樣認為了。這些年來，我把自己所有的精力都用在了工作及家庭上，在外邊幾乎沒有什麼朋友。但是很奇怪，自從見到你之後卻忽然感覺到不一樣了。我覺得自己在極度失望的時候竟然忽然發現了一個可以信任、甚至依靠的人了。馮醫生，你覺得我這個想法是不是很奇怪？」

我搖頭。「常局長，也許是你現在才發現你以前的生活中缺少的就是這樣的東西。其實呢，我也沒什麼朋友的，我的生活很單調，也很簡單，內心也很渴望有朋友的關懷。不過，我這人有些內向，不大喜歡主動去結交朋友。所以，如果真的要說謝謝的話，應該是我對你說。」

我的話有安慰她的成分。不過，我發現自己說到後來竟然多了一份真誠。對於她來講，我心裏也有些理解了：正如她自己所講的那樣，她的身邊一直沒什麼朋友，而當她的生活發生了巨大的變化之後，特別是在自己遇到了那樣尷尬、羞愧的事情的時候，她唯一的選擇就是我了。因為我是婦產科醫生，我可以解決她那樣尷尬的事情，在這件事情上她沒有了選擇。而在出現了那樣的事情後，她唯一的選擇就是，去找誰，究竟誰才可以不讓她的這種尷尬、羞愧的事情擴大和外傳。所以，她選擇了我。

我雖然單純，但我畢竟是快滿三十歲的人了，對人情世故、對一個人的內心還是有所瞭解的。我還相信，這個世界上絕不會有無憑無故的友誼存在。那天，她找到了我，我替她解決了問題，而且解決得還是那麼的讓她感到滿意。現在，她唯有進一步地對我示好，進一步地增進對我的信任。這是她現在唯一的選擇。因為她是官員，她的那件隱私只能到我這裏為止。

不過，我是醫生，消除她的顧慮、讓她今後輕鬆快樂的生活也是我的職責之一。所以，我不會拒絕她這個朋友。因為拒絕的後果將會是一個未知數。婦產科醫生雖然不是心理醫生，但我們有一點是一樣的：保守病人的秘密，同時更需要得到病人的信任。

「馮醫生，我們就不要這麼互相客氣了。今後我叫你小馮，你叫我常姐。可以嗎？」我看得出來，她已經變得很高興了。

「行。」我笑道。

「我們別光顧著說話啊，你快吃東西。呵呵！小馮，我發現你其實是一個很外向的人呢，只不過你自己壓抑了你自己罷了。」她笑著對我說。

我詫異地看著她，「為什麼這樣說？」

「感覺。」她笑道，「而且你還是一個急性子。這也與你給人的表像完全不一樣。」

我看了看自己盤中那些被我切割成一塊塊的牛肉，頓時明白了。

那天，我們兩人相談甚歡，像認識了多年的朋友一樣。不過，我們在後來一直都在迴避上次門診和余敏的事情。

她問我醫院的情況，包括收入等等。而我問得更多的卻是民政局的工作職責。分手後我才覺得自己有些傻。

我把自己與常育的這次吃飯當成是一種與患者的溝通。同時，我覺得與一位婚姻上的弱者同時又是一位氣質優雅的女性交流是一件很有意義的事情。對於我來講，還有一個更重要的原因：我想從她那裏知道一些關於女性對婚姻和家庭的看法。因為從某種角度上講，趙夢蕾與她有著一些共同性。

趙夢蕾現在雖然成為了我的妻子，但我卻發現自己反而更不方便去瞭解她的心理。那是她的一塊傷疤，我不忍去揭開，只能小心翼翼地儘量避開她的過去。所以我就想，或許可以從常育那裏瞭解到一些婚姻失敗女性的心理狀況。既然與她結婚了，就應該好好維繫我們之間的婚姻。這是我內心真實的想法。

當我和常育從西餐廳出來的時候，卻發現那個彈鋼琴的漂亮女孩已經不在了，只留下那架漂亮的鋼琴孤零零的在西餐廳的入口處。

心裏頓時有一種微微的遺憾。

我發現自己變了，變得有些去留意身邊漂亮的女人了。或許是因為趙夢蕾，也或許是因為莊晴。這就如同某樣物質在被催化劑催化之後的狀況一樣，一旦在起了化學反應後就難以控制下來。

我是婦產科醫生，以前只知道給女性看病、去解決她們身體的各種痛苦，但是卻很少去關注她們的美麗。而現在就有些不同了，因為趙夢蕾給予了我家庭的溫暖，而莊晴卻賦予了我另外一種快樂。她們兩個人都有共同的地方，那就是性。我認為，是性這種美妙的東西，讓我對女性的美的認識開始復甦。

那天，我與莊晴去到郊外，在最開始的時候我處於惶恐與期待的矛盾心態之中，而在後來，當我們進入到那處溫泉瀑布裏，我的激情頓時被她完全地撩撥了出來，一次又一次。在那個地方，我只有肉體的極度愉悅感覺，而正是在那種感覺的教唆下，使得我一次又一次地向她索取。所以，在回去的路上我就開始後悔了，因為我發現，肉體的滿足就如同動物的本能一樣，它來得快同時去得也越快。正因為如此，我才向她提出一起度過最後一個夜晚的請求。

晚上在酒店的時候就完全不一樣了。我的心裏有了柔情。我們在酒店的第一次開始之前，我用自己的雙手撫摸了她那雙漂亮的小腿許久。我發現，當視覺上那種令人心顫的感受在忽然變為了現實之後，會給人以一種難以言表的激動，會讓自己忽然產生一種「擁有」的滿足感。

那天晚上，當我把莊晴的那雙小腿捧在手裏的時候，就有了這樣的感覺。

「馮笑，你在幹嘛？」莊晴詫異地問我，小腿在掙扎。

「別動，讓我好好看看。」我說，禁不住地去親吻了她的小腿一下。

她「咯咯」地嬌笑，兩隻小腿不住晃動，「哎呀！你幹什麼？癢死我了。你這是什麼習慣啊？怎麼喜歡親人家那裏？」

「莊晴，你自己可能不知道吧？你的這雙小腿漂亮極了。真的。」我說。

「有什麼漂亮的？」她說，小腿不再亂動了。

我開始貪婪地去親吻它們，她頓時癱軟，開始發出呻吟……

在婦產科病房的過道上，我看見莊晴就在我前面不遠處。她身穿白大衣，白大衣的下擺是她那雙漂亮的小腿。在醫院，很多醫生和護士都喜歡這樣的穿著，在裙子的外邊套上白大衣，讓白大衣有了風衣的功能。

她那雙漂亮的小腿抓住了我的雙眼，我站在病房的過道上竟然癡了。

「馮笑，在想什麼？」耳邊猛然地傳來了蘇華的聲音。我霍然一驚。

「那件事情和你沒關係吧？」她繼續在問我。我頓時鬆了一口氣，因為她的問話告訴了我她並沒有發現我剛才的失態。

「什麼事情？」我問道。

「老胡被抓了。」她說。

我驚訝萬分，「為什麼？什麼時候的事情？」

從蘇華那裏我才知道，原來老胡一直偷偷地將那些引產下來的胎兒拿到外邊去賣。還有胎盤。

聽蘇華講，沿海很多城市有個別的酒樓悄悄用胎兒和胎盤作為原料做菜，而且據說食客眾多，做出的菜的價格也很昂貴。由於沿海城市越來越難以弄到那些特別菜品的原材料，所以那些酒樓的老闆就把手伸到了我們這樣的內陸城市來了。

「老胡賺了不少的錢。要不是這次運輸的貨車翻車了的話，他還不會被抓住。」蘇華說。

「貨車？會有那麼多的胎兒和胎盤？」我有些懷疑了。她開始講的時候我倒是覺得很可信，因為我認為只要有高額利潤和廣闊市場的東西，就可以讓人去鋌而走險。不過，我覺得一貨車一貨車地往沿海拉死嬰和胎盤就不大可能了。因為我們醫院的胎盤大多數要供給給藥廠製藥的，即使老胡要拿到的話，也只是偷偷地去幹。所以他不可能搞到那麼多。

「他們都是用凍庫車拉呢。你以為就我們醫院的胎兒和胎盤啊？我給你講，老胡是在與鍾小紅和護士長的男人合起做生意，他們從全省各大醫院悄悄收購那些東西然後運到沿海去的。」蘇華說。

「鍾小紅的男人？」我詫異地問。忽然想起一件事情來，一是上次老胡與護士長開玩笑的事情，從那件事情上可以看出老胡與護士長男人的關係。還有就是鍾小紅曾經告訴過我買房的事情。由此看來，鍾小紅家裏應該很有錢，所以才對買房的事情如此清楚。

「那鍾小紅還有護士長與這件事情有關係沒有？」我問道。

「怎麼可能沒關係？如果不是她們在病房裏面作內應，那些胎兒和胎盤怎麼搞得出去？」蘇華說道，「我說呢，鍾小紅和護士長家裏買了那麼多套房子，我一直就很奇怪，她們家裏哪來那麼多的錢啊？」

「說不定我們也會被叫去詢問呢。」我說，心裏忽然煩躁起來。我一點都不想和員警打交道。現在看來，再次被叫去詢問已經在所難免了。

「肯定的。我們科室已經叫去了好幾個了。接下來肯定是我們。無所謂，反正我們沒幹那種缺德的事情。」她說。

我不禁苦笑。

隨即去到醫生辦公室，發現所有的醫生都在那裏竊竊私語著這件事情，我確實沒有看見鍾小紅。剛剛坐下，主任就進來了，「讓大家都來一趟，我們開個會。」

主任是一位五十多歲的老太太，看上去很精神。她在會上只說了兩點，一是讓大家安心上班，不要受才發生的這件事情的影響。二是要積極配合公安機關的調查，客觀地、如實地回答員警的問題。

「秋主任，我覺得現在最關鍵的問題倒不是我們安不安心上班的問題，也不是配不配合公安局的事情，而是如果有病人問到這件事情後，我們該怎麼回答。現在已經有病人在問了。」蘇華說。

「現在我們要等公安機關拿出結論後再說這件事情。」主任回答，「如果有病人問到了的話，就回答她們五個字，『無可奉告。』明白嗎？」

所有的人都笑。蘇華笑著去糾正她，「邱主任，是四個字。」

主任也笑，「反正就那意思。」

其實秋主任是錯的。病人絕不是「無可奉告」四個字就可以糊弄的。最簡單的辦法其實只需要三個字，「不許問」。

病人的身體在醫生手裏，她們還能怎麼的？「無可奉告」四個字意思含糊不清，同時故意給病人留下遐想的餘地，只能引起她們無窮的追問。

所以，我沒有執行秋主任的指示，凡是有病人問我的時候，一律以「不許問」三個字回應。蘇華和其他醫生被「無可奉告」四個字搞得焦頭爛額之後，終於採用了我的辦法，病房頓時一片寧靜。

「看來科室還是需要男人才行。」後來連秋主任都不禁感歎。可惜的是，現在我已經成為了僅存的碩果了。

不多久，老胡的事情就調查清楚了，他與護士長和鍾小紅一起以「偷盜國家財產」的罪名被判刑。我不禁覺得好笑：死嬰和胎盤怎麼成了國家財產了？不過蘇華的話倒是讓我明白了。「我們都是屬於國家的財產。何況我們肚子裏面的東西？」她說。

事情告一個段落。不過我卻遇到了一件麻煩事情。

第八章

食用胎盤的偏方

我發現，湯缽裏面除了雞肉之外還有一條狀的東西，
但絕不是什麼豬肚，豬肚應該比較平滑，
「究竟是什麼玩意？」我問道，不敢動筷。
「你是醫生，我知道騙不了你。」
「是我到屠宰場去買的一隻羊胎盤。怎麼樣？香吧？」

趙夢蕾與我結婚之後，很長一段時間沒有懷孕的跡象，而且經常出冷汗，臉色很差。有一天她對我講：「我碰上了一個民間醫生，據說他的醫術很厲害。他告訴我說我身體太虛了，只有吃胎盤才可以治好我的病。他還說，我不能懷上孩子的原因也是因為這個病。」

我不禁苦笑，「你怎麼可以去相信那些江湖遊醫呢？你老公我就是婦產科的醫生，我的話你不聽，偏偏去聽那些江湖騙子的話。」

「我覺得他說的很有道理。不是有句話嗎？吃什麼補什麼。」她說。

我大笑，「斷胳膊的人吃了人的手就可以再長出來？豈有此理嘛。」

她不再說話。不過我覺得她的這個問題倒是要馬上解決。因為這件事情不僅涉及到我是否有後代的問題，而且還與她的心思有關係。我看得出來，趙夢蕾其實很想要一個孩子的，現在的她還很有可能為此鬧上了心病。

於是直接把她帶到科室，我直接去找了秋主任。

本來可以去找我導師的，但我不想去麻煩他，因為他畢竟和我一樣是男性，而且我還有些懼怕他。很多事情就是這樣，當有女病人不願意讓男醫生看病的時候，我們雖然理解她們，但是心裏還是覺得她們過於保守。而真正在自己遇到同樣情況的時候才會發現，原來真正保守的是自己。

秋主任親自給趙夢蕾作了檢查，也親自給她作了通水試驗。但是效果極差。「她兩側的輸卵管黏連得太厲害了。沒辦法。」秋主任搖頭對我說。

「那就做試管嬰兒吧。」於是我去與趙夢蕾商量。

「我還是想吃胎盤試試。」她說。

我苦笑，但是卻不好再說什麼。我知道，對於現在她這樣的情況，即使我再說多少科學道理，她也已經聽不進去了。因為她已經著魔。唯有的辦法是給她新的希望，「現在的試管嬰兒技術已經很先進了，成功率也比較高。用你的卵子和我的精子，今後的孩子也是我們親生的嘛。」於是我對她說。

她搖頭，「孩子還是自然的好。試管嬰兒就好像是從實驗室出來的一樣。那只能是最後萬不得已的辦法。」

我只好告訴她：「實話對你講吧，按照傳統的方式你根本就不能生育。」

「不是還沒有吃胎盤嗎？馮笑，你究竟什麼意思？你是婦產科醫生，搞一個胎盤就那麼難嗎？」她很是不滿，甚至激動起來。

我只好把老胡他們的事情告訴了她。

她卻不以為然，「他那是拿去賣錢。我是治病。實在不行的話，你可以花錢買啊？」

我在心裏歎息：我發現，對於一個太過執著的人來講，道理在她面前完全無用。頓時理解那些宗教狂熱者為什麼會幹出那些匪夷所思的事情來了。

沒辦法，只好再次去找邱主任。

「這件事情在以前本來是很小的事，但是現在不好辦了啊。科室裏面三個人出了事，即使你真的是拿去治病，別人也會懷疑的。」秋主任為難地道。

我當然理解，不然的話就不會不厭其煩地去做趙夢蕾的工作了。「只要一個。秋主任，或者麻煩您給藥廠的人講一下，我直接從他們手上買。」想到趙夢蕾目前的狀況，我再次懇求道。

「小馮，在現在這個關口最好不要去弄那玩意。真的。在以前別說一個胎盤，就是十個也很簡單。但是現在不一樣了啊。這樣吧，過段時間再說。等大家基本上忘記了這件事情後，你再來找我行不行？」秋主任耐心極好，她溫言地對我說道。

我還能說什麼？只好鬱鬱地離開。

回到家裏後把秋主任的話告訴了趙夢蕾，她聽後很不滿。「這麼件小事情你還要去找主任？你應該直接去和病人商量。從病人手上直接買就是。」

我搖頭，「現在的胎盤都要登記，沒辦法直接從病人手上去買。老胡的事情出了後控制就更嚴了。你知道的，我們國家都是這樣，出了事情後狠抓一段時間，然後才慢慢恢復到原來的狀態。」

她不再說什麼了。我頓時鬆了一口氣。

幾天後下班回家，剛打開門就聞到一股奇異的香味。這種香味我從未聞到過，只覺得很香，讓人饞涎欲滴。

「夢蕾，煮什麼啊？這麼香？」我大聲地問道。她從廚房裏面出來了，滿臉都是笑，「我用豬肚燉的雞，加了點野生香菇。」

我直流口水，「好了沒有？我餓極了。」

「馬上就好，你去洗手吧。」她笑吟吟地說。

上桌後我發現，湯缽裏面除了雞肉之外還有一些條狀的東西，但絕不是什麼豬肚。豬肚應該比較平滑，而我眼前湯缽裏面那些條狀物的一面卻是坑窪不平的。

「究竟是什麼玩意？」我問道，不敢動筷。

「你是醫生，我知道騙不了你。」她頓時笑了起來，「是我到屠宰場去買的一隻羊胎盤。怎麼樣？香吧？」

我不禁苦笑，「真有你的！你不是說吃什麼補什麼嗎？這羊胎盤吃了，萬一我們今後的兒子頭上長角怎麼辦？」

「還長羊毛呢。」她瞪了我一眼。我頓時大笑起來。

對於胎盤這東西我倒是不排斥，說到底它就是動物身上的肉。如果說它具有補身體的作用的話，那也是因為它裏面含有大量雌激素的原因。於是去夾起一塊來吃。綿綿的，沒有什麼特別的味道。頓時明白這道菜的奇香來自湯裏面。用勺子舀了湯到碗裏，喝了一口，頓時讚歎道：「好味道！」

「多吃點羊胎盤，你上班太辛苦了，好好補補。」她給我添了一大勺，裏面沒有一塊雞肉。

「我是男人，還是少吃這東西的好。你自己吃吧。」我說。

「聽說對你們男的也很補呢。」她說。

「我們班上的歐陽童你還記得嗎？」我問她道。

「怎麼不記得？他怎麼啦？」她問。

「初中的時候他身體很差，他媽媽不是縣醫院的嗎？他媽媽去婦產科悄悄拿回去一個胎盤煮了讓他吃了。當時他媽媽也騙他說是豬肚。」我說。

趙夢蕾的臉色頓時變了，「怎麼啦？吃出問題來了？」

我點頭。

「你還記得高中時候歐陽童的樣子嗎？」我問她道。

「記不大清楚了，好像他個子不高。」她想了想回答說。

我頓時笑了起來，「是這樣。可是，他在初中的時候在我們班上卻是最高的。我記得我們初中畢業照合影照的時候，他站的是最後一排。可是他後來就一直那麼高了，高中畢業照合影照的時候，他站的是我們男同學的最前面那一排。」

「這和他吃胎盤有什麼關係？」趙夢蕾不解地問。

「胎盤裏面其實就是雌激素，也許對女性美容、調節激素有好處。初中正是我們長身體的時候，男孩子吃了那東西刺激了雄激素的分泌，同時在短期內促進了生長發育。不過，因為胎盤含有大量的雌激素，反過來又會對生長發育起到抑制的作用，所以他就再也長不高了。而且你發現沒有？歐陽童的臉上長滿了絡腮鬍，那也是短期內刺激雄激素分泌的結果啊。」我說。

「也許他只是一種偶然罷了。」趙夢蕾說。

我搖頭，「我記得我們班上當時還有一個男同學也吃過那東西的。名字我記不得了。不過那位男同學的情況和歐陽童完全一樣。也是開始的時候長高了些，然後就再也沒有長了，而且也是絡腮鬍。」

「那你別吃了。」她急忙將我碗裏的東西倒回到了湯缽裏面。

猛然地，我似乎明白了什麼，「夢蕾，這裏面真的是羊胎盤嗎？」

她不說話。

我忽然感到一陣噁心，「你說啊?!」

「不，是人的胎盤。」她低聲地道。我的胃裏頓時翻騰起來，急忙朝廁所裏面跑去。

雖然我是學醫的，但對這種吃人身上東西的事情還是完全不能夠接受。到了廁所後不禁開始翻江倒海地嘔吐起來，一直嘔吐到胃裏空空的才停歇下來。

嘔吐完後我去到面盆處洗了把臉，發現自己雙眼因為嘔吐的原因而變得通紅了。我當然不會因此生趙夢蕾的氣，因為我並不認為她是故意要讓我這樣。不過我現在的心裏充滿著一種疑惑。

「對不起。」出去後趙夢蕾對我道歉。

我搖頭，「夢蕾，你告訴我，你從什麼地方搞到了這東西？」

「我花了五百塊錢找一個人買來的。」她說。

「什麼地方？」我很詫異。

「就在你們醫院門診。我去找了一個引產的女人。你不是說了嗎？正規生孩子的那些女人的胎盤你們要登記，所以我就想了，引產的總不會登記吧？於是我就去和一個要引產的女人商量，我對她說：一會兒把胎盤拿給我的話，我就給你五百塊錢。她同意了。」她說。

我不得不佩服她的聰明，同時也很感謝她替我著想。因為我實在不方便像她那樣去找那些女病人購買她們引產後的附屬產品。

「馮笑，那你吃什麼？」她問我道。

我苦笑著搖頭，「別和我說吃的事情了，我覺得噁心。」

她笑道：「你還是學醫的呢。」

我擺手道：「這和學醫沒關係，這也是吃人呢。」

「你別說了，再說我也吃不下了啊。」她即刻阻止我。

「你吃吧。我出去走走。現在我聞到這味道就感到噁心。」我說，隨即朝門外走去。

我在街上買了一個麵包吃了，這才感覺到舒服了許多。在外邊蹓躂了接近一個小時後回家，發現家裏完全沒有了那種氣味。她在家裏噴了空氣清新劑。

「去洗澡，我們今天好好努力一次。」她過來抱住我說道，嘴唇在我的臉上摩挲。

忽然想起她是剛剛吃完了那玩意的，不由得猛然地噁心了起來，胃裏面猛烈地在翻滾、痙攣，急忙地推開她就朝廁所跑去。

最後在趙夢蕾的堅持下，我們還是「努力」了一次。不過我當時提出了一個條件：不能親嘴。這一次是我和她認識以來最無趣的一次性生活。完全，僅僅是為了完成任務，為了播種。

我當然知道不會有什麼結果。不過鑒於從她目前的心理著想，我覺得還是很有必要那樣「努力」一次。

沒有情趣的「努力」毫無快感可言，而且時間長久。我累得氣喘吁吁，她卻很滿意。「你真好！」最後我得到了她的表揚。

第二天是週末，我的門診。

沒在家裏吃早餐，我總覺得家裏有那個氣味。到了門診後連想都不敢想昨天的那個事情，不然我的胃就會開始痙攣。

今天的門診很奇怪，竟然好幾個病人是因為陰道裏面有異物到門診來作處理的。我發現，病人在出現這樣的情況後更多選擇了男醫生。也許是因為女醫生會嘲諷她們，或者態度會不好。這個問題我曾經與蘇華討論過。「我看見那樣的女人就厭煩。都什麼事啊？非得那樣不可？」她當時憤憤地說。

「我倒是覺得她們很可憐，而且也不是在外邊亂來的女人。你想啊，如果她們品質不好的話，何必非得那樣做呢？」我說。

「我不那樣認為。那樣的人不可救藥。」她依然憤憤。我唯有苦笑。這就是男醫生和女醫生的區別。當時我在心裏這樣想道。

女性陰道裏面異物存留的原因其實說到底就是緊張。因為緊張於是出現痙攣，然後才會將異物嵌頓在裏面。所以我認為這樣的病人很可憐，因為我覺得她們那樣做也是一種不得已。或許是心理的因素，或許是找不到合適的對象。今天，我特地問了一位病人。她三十來歲年紀，模樣倒是不錯，而且很文靜的樣子。我在她身體裏面發現的是火腿腸。

「這樣對你身體不好。」檢查、清理完畢後，我嚴肅地對她說。

她不說話。

「可以告訴我嗎？為什麼要這樣做？你不要有什麼顧忌，我是醫生，或許我可以給你一些建議。」我溫言地對她說道。當然，在這種情況下決不能說「我可以幫你」這樣的話，不然的話她肯定會馬上罵我「流氓」的。

「我老公和我那樣的時候我沒有感覺。」她低聲地說。我頓時明白了，於是問她道：「你以前就經常這樣做是不是？」

她點頭，臉上緋紅。

「你應該和你老公多交流，在前奏的時候多醞釀一些情緒。而且你要慢慢改變這種不好的習慣。女性的生殖器像植物的花一樣很嬌嫩，要注意愛惜自己。明白嗎？」我柔聲地對她說。與病人交談的時候我都會這樣溫言細語，這樣才會讓她們感到一種溫馨。

「嗯。謝謝你。」她說，紅著臉離開了。

我不禁歎息。其實，女性裏面也有不少的人有自慰的習慣。因為單純從性的滿足來講，自慰更能夠達到她們的要求。不過時間一長的話，就會出現興奮點臨界值的增強，由此進入到一種惡性循環的狀態。

今天這樣的病人有好幾個。我估計是因為天氣涼爽下來，還有是週末的緣故。週末對某些人來講，其實意味著的是一種更大的寂寞。

下午下班前接到了蘇華的電話，「幫幫忙，和我一起出診。」

「什麼事情？」我極不情願。

「我今天值班。剛剛接到一個電話，哈哈！走吧，去了你就知道了。」她在電話裏面大笑。

「幹嘛要我去？你去不就行了？」我想盡力推脫。

「一個寂寞孤獨的女人和她的狗那樣，取不出來了。」她說，又大笑。

「你去就可以了啊？我去幹嘛？」我哭笑不得。

城市裏面這樣的情況經常發生。很多女人因為婚姻失敗後便愛上了養寵物，其中養狗的特別多。當然，我不認為她們養狗都不正常，其實她們大多數是覺得狗這種動物比較通人性，與牠們生活在一起比男人更有安全感。不過，她們當中有極少數的卻會因此和自己的寵物產生一種另類的情感，甚至出現不倫行為。

狗和人不一樣，牠不會有意識地調節牠們的情緒，與牠主人發生那種事情的時候，一旦出現嵌頓的情況，就會越來越嚴重，然後再也難以分離開來。

一般來講，我們處理這樣的情況大多採用給雙方注射肌肉鬆弛類藥物，而且效果很好。所以，我覺得自己跟著蘇華去是一種多餘。更何況我是男醫生，我的出現只能讓那個女人更加緊張。

「馮笑，我是第一次處理這樣的事情。我擔心會處理不了。求求你，幫幫忙吧。」蘇華卻央求我道。

「藥物效果會很不錯的，你自己去就行了。」我還是拒絕。

「馮笑，學姐的話都不聽了啊？你必須幫我。」她發橫了。這是她慣用的辦法。在我面前。而且大多數時候都會很奏效。這次也一樣。她畢竟是我的學姐，我和她師從同一個導師，這種感情有時候更高於同學之間的那種情感，因為裏面還多了一種「姐」的成分。

於是我就這樣被她「綁架」著去了。上救護車之前我給趙夢蕾打了一個電話，我告訴她今天晚上我有出診任務。她當然不會說什麼。

我沒想到與蘇華一起出診的護士竟然是莊晴。她看見我的時候僅僅淡淡地朝我笑了笑。我也是如此。那天的事情對我們倆現在來講就像一場夢。

「學姐，我服了你了。」我苦笑著對蘇華說。

「一會兒我請你吃飯。」她朝我笑道。

「我覺得我去真的不好。」我還是想推脫。現在，我覺得莊晴在更讓我尷尬了。

「你是帥哥，你去了可能病人更容易接受一些。而且，我確實是第一次處理這樣的病人。」她說。

我發現她在對我說話的時候不住地在看莊晴，心裏頓時明白了。

今天是莊晴和她一起值班，上次我聽蘇華對我講過她好像與莊晴有過什麼過節，而且那次莊晴還在背後說了蘇華不好的話。很明顯，蘇華是擔心她今天處理不好這個病人，會被莊晴告狀。想到了這一層原因後，我就不再說什麼了。

救護車在一處新建的社區停下。然後我們乘電梯上樓。敲了很久的門，裏面才打開了。進去後發現裏面的場景很可笑。一個胖胖的女人身上披著一條浴巾，她抱著一條大大的白色毛髮的狗。那條狗歪著頭來看我們，同時在哀鳴。胖女人滿臉通紅，羞得不敢來看我們。

蘇華的臉竟然也紅了，還有莊晴。蘇華來看我。

「去床上躺著，我們看看情況。」我柔聲地對那個胖胖的女人說道。

女人抱著她的狗朝臥室走去，我們跟在她身後。

她躺下了，抱著她的狗。我看了看，問胖胖的女人道：「你這狗咬人嗎？」

我這樣問她當然是有道理的。因為我首先得試著去分開狗和她。現在他們連在了一起，萬一我去嘗試分開的時候被狗咬了可就麻煩了。

「牠一般不咬人的。」胖胖的女人紅著臉說。

一般不咬人？我不禁苦笑，「這樣，你把你的狗的嘴巴抱住，千萬不要讓牠咬我。學姐，小莊，你們也過來幫忙。」

「我害怕狗。」莊晴說，竟然退後了一步。

「算了，我來吧。」蘇華說道。

於是我雙手抱住了狗的兩條下肢的後半段，然後嘗試著緩緩地往後面拉。狗猛然地發出了淒厲的叫聲，胖胖的女人也痛苦地大叫了一聲。

「不行。」我苦笑著對蘇華說。

「那就注射藥物吧。」她說。

「不，先得給她做過敏試驗。」我說，指了指狗下面那個胖胖的女人。

「哎呀！糟糕，我沒帶過敏試劑。」蘇華說道。

我詫異地看了她一眼。她搖頭苦笑道：「第一次，沒經驗。」

「必須要做過敏試驗的，萬一出現過敏的情況怎麼辦？而且我估計你也沒帶搶救的藥品。」我說。

蘇華點頭，「怎麼辦？我回去拿來？」

「馮醫生，你按摩一下試試。」這時候莊晴忽然說道。

我很是不解，「按摩？按摩什麼地方？」

莊晴滿臉通紅，指了指胖女人與狗連著的部位，「那地方。」

蘇華禁不住笑了起來。

我頓時明白了，「這……」

「他雖然是男的，但他是醫生。你同意嗎？」莊晴去問胖女人。

胖女人紅著臉看了我一眼，然後緩緩地點了點頭。我站在那裏無所適從。莊晴朝我走了過來，嘴唇在我耳旁低聲地說了一句：「你揉揉她的陰蒂。」

我頓時瞠目結舌起來。

「肯定有效果。」她又道。

這一刻，我發現自己的身體竟然開始有了反應。不是因為那個胖女人，而是因為我耳旁莊晴的嘴唇。

還別說，莊晴的辦法竟然真的有效。

那條大大的白色毛髮的狗與女人分開後，牠伸出舌頭不住去舔牠主人的臉。胖女人惱羞成怒地給了牠一巴掌。狗哀鳴了一聲後跑開了，然後蹲在那裏委屈地看著牠的主人。

「謝謝你們。」胖女人的臉更紅了，她看著地上。我估計她是在找地上的縫隙，如果有的話，她會馬上鑽進去。

「今後不要這樣了。很危險。」我柔聲地對她說道。

「嗯。」胖女人依然低著頭，「多少錢？」

「出動了救護車，沒有使用藥物。五百塊錢。明天把出車的發票給你拿來。」我說。

胖女人給了我們五千塊錢。「司機加你們三個人每人一千。車費五百。剩下的五百塊你們去吃飯。」胖女人對我們說。

我沒有敢接。莊晴卻一把接了過去，「你放心，我們會替你保密的。」

「蘇醫生，馮醫生，我們每人一千。一會兒給駕駛員一千，其中五百塊的出車費。剩下的一千我們晚上拿去吃了。」在電梯裏面，莊晴開始給我們發錢。

「這樣不好吧？」我擔心地說。

「什麼不好？這麼齷齪的事情被我們看見了，會倒楣的。所以這些錢我們拿著也應該。哼！還算她懂事。」莊晴道。

「拿著吧，沒事。」蘇華說。

我頓時後悔起來，因為上次我出診的時候就沒有敢接那個女人的錢。我說呢，那次跟我一起去的護士滿臉的不高興。

我們三個人去到了一處酒樓。莊晴在點菜。

蘇華看著我怪怪地笑。

我當然知道她在笑什麼，「學姐，別這樣啊。」我不好意思地說。莊晴拿著菜單也在笑，她粗聲粗氣地在說：「今後不要這樣了，很危險。」

蘇華忍不住地大笑了起來。我很尷尬，「你們，別這樣！」

「學弟，你會成為一位優秀的婦產科醫生的。」蘇華斂住了笑，認真地對我說道。

「我也覺得。」莊晴也不再笑了，她說道，眼睛依然在看著菜單。旁邊的女服務員張大著嘴巴看著我。

「看什麼看？來，我開始點菜了。」莊晴忽然抬頭去對那服務員說道。我不知道她是怎麼看見那個服務員在笑的，不禁更加地覺得這小丫頭精靈古怪。

「喝什麼酒？」莊晴點完了菜後問我們道。

「還要喝酒？」我說。

「喝點吧，今天高興。」蘇華說。

莊晴手機在響，她開始接聽，「準備吃飯。怎麼啦？我們科室的人。剛出診回來。來吧。」她告訴著我們現在的地方。

「我男朋友。」莊晴說，看的是蘇華。

「好啊。我還真想看看你男朋友呢。」蘇華笑道。我發現今天蘇華有些刻意地將就莊晴，很明顯，她是想和她搞好關係。

「蘇醫生，馮醫生，把你們的那位也叫來好不好？」莊晴對我們說道。

「我馬上打電話。」蘇華說。

「我就算了。」我急忙道。我擔心趙夢蕾不會來，這樣會讓自己很沒面子。

「打啊？學弟，你結婚了我還沒見過你那位呢，叫來一起吃飯。」蘇華對我說。我只好給家裏打電話。

「我都吃過了。」趙夢蕾說。

「來吧。我學姐說沒見過你。」我說。

「我也沒見過。」莊晴在旁邊道。

「這是誰啊？」趙夢蕾問。

「我們科室的小莊。我們一起出診才回來。我學姐的老公，還有小莊的男朋友都要來呢。」我說。

「好吧，那我過來。」她說。我隨即告訴了她地方。

蘇華的老公我認識，他是一家設計院的工程師。瘦瘦的很儒雅的一個男人。

「江哥，快來坐。」他最先到，我急忙朝他打招呼。

他朝我笑，過來挨著我坐下，「小馮，好久不見你了。聽說你結婚了？怎麼不請我喝酒啊？」

「請你？我都還沒見過呢。不知道學弟娶了個什麼樣的美女，整天關在家裏也不帶出來我們見見。」蘇華說，責怪的語氣。

「不是馬上就來了嗎？」我訕訕地道。

「哦，弟媳婦要來啊。那我讓位置。」蘇華的老公急忙站了起來。

「別啊。你們三個男人一起坐，我們三個女人坐到一起。」莊晴急忙地道。

「小莊還是這麼調皮。」蘇華的老公笑著指了指莊晴。原來他們認識。我心裏想道。

不一會兒莊晴的男朋友就來了。很年輕帥氣的一個小夥子，頭髮長長的，牛仔褲上面是一件新潮的毛衣。莊晴把他介紹給了我們。他叫宋梅。「他媽媽姓梅。」莊晴說。

不管他媽媽是不是姓梅，隨便怎麼的也不能給自己的兒子取這個名字啊？我心裏想道。不過，我看著他的時候總有一種怪怪的感覺。因為自己那天和莊晴的事情。

以前聽人講笑話，說兩個互不相識的人同時去嫖了一個小姐出來後握手，「我們是兄弟了。」現在，我竟然也有了這樣的感覺。

趙夢蕾來了。

「哇！學弟，弟媳好漂亮！」蘇華讚歎道。

「確實漂亮。」莊晴也說。

「我說呢，原來馮笑一直不談戀愛的原因是在等這位弟媳婦啊。」蘇華的老公笑道。

趙夢蕾朝他們笑，「馮笑，介紹一下啊。」

首先介紹了蘇華的老公，「這是江哥，我學姐的愛人。」

「學弟，你這是怎麼介紹的？」蘇華即刻打斷了我，「我叫蘇華，他叫江真仁。哈哈！不知道的還以為他是個道士呢。這是我們科室的護士莊晴，這是小莊的男朋友宋梅。」

「你們好。我叫趙夢蕾。馮笑的高中同學。認識你們真高興。馮笑，今後這樣的活動你要多帶我出來。」

「行。」我急忙地道。

「對了，還沒有點酒呢。」莊晴說。

「今天誰請客啊？」江真仁問道。

蘇華和莊晴猛然地大笑了起來。我也笑。

「幹嘛呢，你們三個？」江真仁疑惑地問道。

「肯定是他們今天賺到了外快。」宋梅笑道。

我和蘇華都詫異地去看著他，「你怎麼知道的？」蘇華問道。

「你們不是才出診回來嗎？看你們高興的樣子就知道了。」宋梅說。

「你是員警？」蘇華問道。我心裏頓時一緊。

「不是。」宋梅搖頭，「我自己開了個小公司。」

「我還以為你是員警呢。這麼厲害。」蘇華笑道，「那你猜猜我們今天遇到了一個什麼樣的病人？」

宋梅看了看桌上的菜，「很豐盛啊。我知道了，那個病人肯定有難言之隱。嗯，不會是性病，因為性病的話是不會讓你們出診的。也不會是要命的急診，因為那樣的話她根本就不會有心情給你們小費。我明白了，是不是……」他看了趙夢蕾一眼後便沒有說下去。

「說啊，究竟是什麼？」蘇華很著急的樣子。

「沒事，你說吧。大家都是成年人。」趙夢蕾也說。

「是不是某個女人那裏面有東西取不出來了？」他問道。

「基本上對。宋梅，看不出來啊，你還有這本事。」莊晴去看了她男朋友一眼。

「基本上對？」宋梅問道，隨即猛地拍了一下他自己的頭，「我還是不行啊。那樣的話病人應該自己去你們醫院的，根本就不用出動救護車了。我知道了，肯定是和她的寵物那樣的時候分不開了。是不是這樣？」

我頓時震驚了，張大嘴巴看著他。蘇華也是。「小宋，你不當員警太可惜了。」

「這只是一種簡單的推理。當員警不會這麼簡單吧？」宋梅淡淡地笑，「對了，剛才不是問要喝什麼酒嗎？那就喝五糧液吧。一會兒把你們口袋裏面的錢都拿出來。嘿嘿！反正也不是你們自己的錢。」

「你太神了！」蘇華讚歎道。

我也覺得這個人太厲害了，心裏頓時出現了一種恐懼。

「要喝五糧液也可以，我出錢。不過，你得看看我們在座的每一個人，莊晴除外，如果你能夠說出我們有什麼特別的地方的話。」蘇華說。現在的她似乎對宋梅的這個能力很感興趣。

「我同意。」江真仁笑道。

我笑了笑，隨即去看趙夢蕾，發現她的臉色不大正常，「怎麼啦？」她笑了笑，「沒事。」

「蘇醫生，你今天值日班吧？」宋梅卻開始在問蘇華了。

「這還用說？不然我怎麼會去出診？」蘇華笑道。

「你今天與別人吵架了是吧？和你吵架的應該是一個女人，嗯，是一個很妖嬈的女人，可能是一個小姐。」宋梅說。

蘇華張大著嘴巴看著他，滿臉的驚異。

「我真懷疑你今天到我們科室來過。你怎麼看出來的？」一會兒過後蘇華才說道。宋梅笑了笑卻沒有回答她，然後又去看江真仁，「江哥剛才是坐公共汽車來的吧？平常你把錢包放在什麼地方？」

「褲子後面的包裹。」江真仁道。

「完了，估計你碰上小偷了。」宋梅搖頭說。江真仁急忙站起來去摸，頓時目瞪口呆，「我錢包呢？」

「真的掉了？裏面有多少錢？」蘇華急忙地問道。

「錢倒不多，只有幾百塊。可是裏面有我的工資卡。」江真仁說。

「沒事。幾百塊無所謂。工資卡明天去掛失，然後重新辦一張就是。」蘇華鬆了一口氣，隨即詫異地去問宋梅，「小宋，你太厲害了。你怎麼知道的？」

「很簡單。」宋梅說，「我進來的時候江哥站起來和我握手，他坐下前側身去看了一下地上，我發現他褲子後面的一個兜上的扣子沒有扣上，而兩外一邊卻是扣上的。男人一般會把錢包放在那裏面。而且，江哥是搞設計的，搞設計的人都比較細心，我覺得他不應該是忘記了扣上那扣子。還有，我剛才發現江哥的袖子的側邊有一顆嚼過的口香糖，我估計是他在公共汽車上被別人無意中吐在了那上面。結合他褲子後兜扣子的事情分析，他應該是在公共汽車上被小偷偷了錢包。」

「那你進來的時候幹嘛不說？」莊晴癟嘴道。

「那時候我根本就沒去想這件事情。要不是蘇醫生讓我分析的話，直到現在我都不會去想這些事情呢。很多時候眼裏看到了一些東西，但是如果不是有意地去把那些東西從自己的記憶裏面提出來的話，就不會引起自己的注意的。我又不是員警，不可能隨時去分析別人的事情。」宋梅說。

「那我呢？你怎麼看出我今天和人吵架了？」蘇華問道。

「你的事情就更簡單了。」宋梅笑道，「正如你所說的那樣，你今天出診，所以我判斷你上日班。而且剛才我發現你頸子上有一絲紅色的東西，我再仔細地看了一下，那應該是口紅，劣質的口紅。所以我就分析是有人和你吵架的時候被濺到你頸子上面去的。因為當時你很激動所以才沒有察覺，所以才會一直留在你的頸子上面。你是醫生，如果你察覺了的話早就去清洗乾淨了。到你們婦產科來，而且使用的又是劣質口紅，並且還會在吵架的過程中飛濺到你的頸部，這樣的女人大多是小姐了。」

「厲害！」江真仁由衷地道。

「那你看看我。你以前怎麼不在我面前顯示你的這種本事？」莊晴去挽住了宋梅的胳膊。

宋梅溫柔地去看了她一眼，「我跟你說過多少遍了，讓你少吃梅菜肉，你就是不聽。」

「我沒吃！」莊晴急忙地否認道。

宋梅大笑道：「還沒吃？你門牙縫裏還有一絲細細的梅菜。」

莊晴拍手笑了起來，「你錯了吧？那是我下午吃的海苔。」宋梅急忙去看，莊晴朝他咧嘴。「看別人容易，看自己喜歡的人就往往容易出錯了。」他搖頭歎息道。

我心裏早就鬆了一口氣了，因為我發現宋梅對莊晴很溫柔。我知道，任何一個男人都不會原諒自己愛人出現那樣的問題的。這說明了一點：他沒有懷疑過莊晴。也許正如同他自己所說的那樣：看別人容易，看自己喜歡的人就往往容易出錯。

「你看看我學弟他們。」蘇華卻興趣盎然。

宋梅朝我和趙夢蕾看了過來。我頓時緊張起來。

「我們喝酒吧，菜都涼了。」宋梅卻隨即說道。

「說完了來。」蘇華卻堅持道，隨即轉身去叫服務員，「拿一瓶五糧液。」

宋梅看著我和趙夢蕾，歎息了一聲，「趙姐，馮醫生是一個好男人，你找他找對了。」

「我學弟當然是好男人了。而且今後還會成為一名優秀的婦產科專家呢。你這話等於沒說。」蘇華瞪眼道。

「呵呵！」宋梅道，「我們就喝一般的酒吧。」

「蘇華，開始吃東西吧。你看，菜都涼了。」江真仁道。

「小宋，謝謝你。」趙夢蕾忽然說了一句，「其實也沒什麼的。你剛才看的是我戴戒指的這根手指是吧？你猜測的沒錯，我和馮笑是我的第二次婚姻。我很愛他。」

我去看了一眼趙夢蕾戴戒指的那根手指，頓時也明白了：原來她現在所戴的那枚戒指的後方，還留有一個淺淺的痕跡。於是我也笑道：「你們不知道，她可是我讀中學時候的夢中情人。」

「哎呀，你們兩個人好酸啊。」莊晴忽然地道。

「莊晴，別這樣！」宋梅急忙制止她道。我唯有苦笑。

趙夢蕾今天好像特別高興，吃晚飯後她堅持要結賬。

「也罷，就相當於他們兩口子結婚請客吧。」蘇華說。

「那我們得送你一個紅包。」莊晴說，隨即拿出了一千塊錢朝趙夢蕾遞了過去，「趙姐，我這人是大嘴巴，你別生氣啊。」

「小莊這麼可愛，我怎麼會生氣呢？」趙夢蕾笑道。

「我也送你們一個紅包吧。」蘇華說，然後也拿了一千塊錢出來。

「得。我還賺了一千塊。下次請你們吃飯啊。」莊晴笑道。

我苦笑，「不好意思啊。出趟診，錢都被我一個人得了。」

「該你得的。如果不是你的話，我今天還不知道該怎麼辦呢。況且我們還撿了一頓飯吃。」蘇華笑道。

「兩頓。下次該我請客了。」莊晴笑道。

「三頓。再下次還是我吧。」我也笑著說。

「小宋，我們兩個賺了，哦，還有小趙。反正我們三個人都有份。」江真仁笑道。

盡歡而散。

第九章

慘遭性侵的女子

當天晚上員警送來一個病人。
她全身是血被送到病房，模樣慘不忍睹。
搶救手術後，當我清洗她污穢的那張臉時，我憤怒了。
她是那家西餐廳彈鋼琴的那位漂亮女孩。
她遭受到了慘絕人寰的性侵。

我沒有想到的是，這次出診遇到的情況竟然會在常育的身上出現。就在那次出診後一個禮拜的週末，就在我上門診的第二天晚上。

我剛剛洗完澡準備睡覺的時候，就接到了她的電話，「小馮，麻煩你到我家裏來一趟可以嗎？」

「我準備休息了。」我說。這時候趙夢蕾剛剛進廁所。

「麻煩你來一趟吧。我有急事請你幫忙。求你了。」她說，隨即發出了痛苦的聲音。

又用煮熟的馬鈴薯了？我心裏想道。「這……我一個人來不好吧？」我放低了聲音。

「求求你，你一個人來吧。我們是朋友了是吧？」她說。

「這……」我還是很猶豫。

「求你了。我很少求人的。馮笑，我求你了。」她說，竟然在哭。我歎息了一聲，「好吧。」

穿上衣服後聽到廁所裏面傳出流水的聲音，知道趙夢蕾是在洗澡，「夢蕾，我出去一下，病房打電話來說是有個急診。」

「你今天又不值班。」趙夢蕾在裏面說。

「值班的醫生走不了。科室就我一個男醫生，出診的事就只有我了。」我說。

「那你去吧，早點回來啊。」她說。

我急匆匆地出門。想了想，給科室打了電話，「今天誰值班啊？」

「馮醫生吧？」對方問道。

「我聽不見。麻煩你馬上用座機給我打過來。」我說，隨即掛斷了電話。然後將剛才撥打的科室座機號碼刪除了。

電話即刻打了過來，「哦，是這樣的，麻煩你看我桌上是不是有我的鑰匙？」

「沒有啊？」值班醫生說。「哦。可能是我記錯了。謝謝啊。」即刻掛斷電話。然後給常育打電話，在問了她家的住址後將她的號碼刪除。我這樣做的目的不是想要欺騙趙夢蕾，而是擔心她誤會。我不想讓她再受到任何的傷害。

說實話，當我看見常育那樣子的時候，心裏對她的感覺就發生了根本性的變化了。剛才，在電話上她並沒有告訴我究竟出了什麼事情。我本以為她還是因為上次那樣。但是，當我進屋後發現她竟然摟著一條狗的時候，就在那一刻，我不禁鄙視起她來。

對病人，我極少會產生這樣的情緒和看法。因為我認為每個人都有自己的生活方式，不存在對與不對。而我是醫生，婦產科醫生。一直以來我對使用器具的女性不但不鄙視她們，反而覺得她們很可憐、可悲。因為我知道，她們那樣做其實往往出於一種無奈。即使有個別的與動物那樣，我也依然這樣認為。女性是弱者，她們需要安撫，當她們不能得到自己愛人安撫的時候，才會出現這樣的情況。

但是常育就不一樣了，因為她現在已經不僅僅是我的病人了。自從上次和她一起吃飯，在經過那一番交談之後，我的內心已經把她當成了朋友。上次，我覺得她那樣做是一種自我折磨，但是這次，我不再那樣看了。我覺得她，覺得她賤。一位局長，一位女強人，除了使用器具，竟然還與自己的寵物那樣……這不是賤還是什麼？

幸好她穿有裙子，一條睡裙。所以她開門的時候上身倒是沒有裸露，而且她是側身來開的門。我開始沒有注意到她另外一隻手上摟住的那條狗。進去後頓時就看見了。她已經關上了房門。

她的家很大，從格局上看我估計至少有一百七八個平方。上次趙夢蕾買房的時候我和她一起去看過很多套房子，由此對房屋的基本結構有了一個初步的概念。常育家的客廳極大，而客廳的大小往往就可以彰顯出整個房屋的大概面積，當然還有房屋的基本結構。我進屋後只是下意識地看了一眼她家的房子，就在這一瞬間頓時就有了一個結論，她家的房子好大，好豪華。

但是，就在有了這樣一個概念的一瞬之後，就看見了她摟住的那條狗。她的狗很漂亮，身體修長，像是傳說中的德國牧羊犬。因為幾次出診，也因為科室護士們背後經常對這樣事情的議論，所以我對狗的品種有過不少的研究。當然，僅僅是從網上的圖片上。

現在，我有些不知所措了，因為我沒有想到會是這樣一種情況。而她，她的臉早已經變得緋紅。她沒有來看我。自從我進屋的那一刻，她就一直沒有來看我。我知道，她這是因為無地自容。

這樣的事情本應該有護士在的。但她剛才在電話上並沒有說是讓我來出診，雖然我猜測可能是因為這樣類型的情況，不過我考慮到她的身分，於是還是決定以朋友的身分來替她解決問題。但是我萬萬沒有想到竟然會發生這樣的情況。這個女人太賤了。我心裏頓時想道。

「我必須叫護士來，讓她帶藥來。」我還是歎息了一聲，然後對她說道。

「馮笑，求求你，別叫護士來好嗎？求求你了。」她卻在說，聲音很小，哀求的聲音悽楚可憐。我看著她，發現她依然沒有來看我。

「常局長，這是規定。而且你這樣的情況必須要使用藥物。剛才你在電話上沒有告訴我出現了這樣的情況，所以我沒有任何的準備。」我說。

「馮笑……我把你當成我的朋友。我一個女人，而且在外人面前還那麼驕傲的一個女人……求求你了。我知道的，你一定有其他辦法的。是不是？」她說，然後開始哭泣。

我的心頓時軟了。就在她開始哭泣的這一刻。

「常姐，我是醫生，這樣的事情必須有護士在場。不然的話我會說不清楚。」我沒叫她「常局長」，而且我說的是實話。上次，因為有蘇華和莊晴在，所以我那樣做了。其實莊晴的那個主意並不符合醫療的手段，因為那個辦法其實是讓那個女人產生情欲，然後讓她的陰道鬆弛。

陰蒂又稱陰核，它位於兩側小陰唇之間的頂端，是兩側大陰唇的上端會合點。是一個圓柱狀的小器官，被陰蒂包皮包繞，末端為一個圓頭，其尖端膨大稱陰蒂頭。陰蒂在整個人體解剖結構中是一個神奇而獨特的器官。它是人類唯一的只與性欲激發和性感受有關的器官，其唯一生理功能就是激發女性的性欲和快感。有人講我們人類在遠古的時候是中性的，也就是說很久以前我們是屬於雌雄同體。在男性的身體裏面依然有著女性特有的卵巢組織，只不過退化了罷了。而女性的陰蒂其實就是退化了的男性龜頭。

所以，我覺得現在自己採用那樣的方法不合適，很不合適。

「馮笑，我們是朋友了。是不是？」她卻在問我。我還是很為難，「不是這個問題。因為我沒有帶藥物來，所以只能採用另外的辦法。而另外的辦法……」我有些說不出口。

「馮笑，你是不是覺得我很下賤？」讓我想不到的是，她忽然這樣地問我道。

「不……不是。」我回答。有些事情就是這樣，雖然自己在心裏是這樣想的，但一旦被對方自己說出來後，反倒會覺得不是那麼回事了。

「本不想告訴你的。我這樣不是我自己……」她說，然後開始哭泣。我大為驚訝：不會吧？難道這條狗還會強姦她不成？

她卻繼續在說，抽泣著，斷斷續續的，「他和我離婚後，還要繼續像以前那樣欺負我。以前，他經常在家裏打我，嗚嗚！打我……今天，我想不到他竟然會這樣對待我。嗚嗚！」

我頓時明白了，「你應該報警。」

她搖頭，「他是那麼有身分的人。我也是……」我在心裏不禁歎息，同時也明白了她為什麼身上穿有衣服的原因了。還有就是，我也知道了她和這條狗出現嵌頓的原因：恐懼。

所以，我決定了，「常姐，我只能採用激發你情欲的辦法。不過我得先告訴你，這本來不是我一個醫生應該這樣做的，因為我的辦法有對你褻瀆的嫌疑。」

「馮笑，我求求你。我好難受……」她說，隨即嚎啕大哭起來。

「好吧，但是你不能再哭了。你必須配合我醞釀情緒。」我說，長長地歎息了一聲。

去溫柔地撫摸她那光潔的臉，她的臉上一片潮濕，「常姐，你這麼漂亮，還是局長，真想不到你的家庭生活竟然會是這樣。好了，別哭了，別哭了。」隨即，我去撩起了她的裙子。

狗在她雙腿之間發出哀鳴聲。

我並沒有去看她的下面，因為我擔心自己會出現噁心的情緒。我看著她，溫柔地看著她，手摸索著去到了她的雙腿間。尋找到了狗的那根柱狀物。就在那根柱狀物的上方，我的手觸及到了她的那小小的光滑之處。輕柔地觸摸。「啊……」她忽然地發出了一聲呻吟，她的手伸了過來，緊緊地抓住了我的胳膊……

牧羊犬發出了「汪汪」的叫聲，歡快地跑出了這個房間。而她卻依然在抓著我的手。她的雙眼迷離，臉上一片潮紅。我已經停止了對她那個部位的撫摸，「好了，我去洗手。」

「馮笑……」她叫了我一聲。我看了她一眼，頓時明白了她這聲呼喚中包含的意思。不過我不可能。雖然她現在的模樣很誘惑人，雖然她長得並不醜，但我絕不可能。「我去洗手。」我提醒她道。

她的雙手鬆開了我的胳膊。

我去到客廳外邊的洗漱間，用香皂洗了三遍自己的雙手。然後出去。

剛才，我路過客廳的時候還看見那條牧羊犬的，牠當時蹲在客廳的一角看著我，而且在朝我擺動著尾巴。我不禁苦笑。而現在，當我從洗漱間出去後，卻發現牠已經不見了。「常姐，我走了。」我對著她的臥室說了一句。

她出來了，身體靠在臥室的門框處，「我把牠扔下去了。」她對我說。我沒有明白她話的意思，「什麼扔下去了？」我問道。

「那條狗。」她說。我不禁駭然，一怔之後我歎息著對她道：「常姐，你這樣下去不是辦法。既然你已經和他離婚了，那麼你就應該去控告他對你的這種侵犯。狗有什麼錯？牠不過是什麼也不知道的動物罷了。」

她搖頭。

「或者，我去找他談談？」我問道。

「我去洗澡了，謝謝你。」她說，眼淚滾滾而下。我歎息著離開。

晚上回去後，趙夢蕾沒有問我出診的情況。我是婦產科醫生，很多情況屬於病人的隱私，她很明白，即使是問了我也不會多講的。第二天中午我接到了常育的電話，她請我吃飯。還是那家西餐廳。我不好拒絕。我發現，知道了別人的隱私對我自己也是一種負擔。如果我不答應她的話，我擔心她會認為我是在鄙夷她。

剛出病房的時候就碰見了莊晴，她站在我面前，歪著頭看著我，神情怪怪的。

「怎麼啦？」我詫異地問她道。

「昨天晚上你幹什麼壞事去了？」她問我道。我頓時一怔：她怎麼知道我昨天晚上出去了？不過，我的嘴裏卻在說道：「什麼啊？」

「昨天晚上我夜班，你打電話來的時候我正好也在。明顯的嘛，你是給自己出門找一個托詞。」她說。

我詫異地看著她，頓時笑了起來，「你男朋友昨天晚上在陪你上夜班吧？」

這下輪到她詫異了，她瞪著大大的眼睛看著我，「你怎麼知道的？」

我朝她笑了笑，然後準備離開。「喂！」她在我身後叫了一聲。我轉身去看著她笑。「你好壞，你是不是覺得我沒那麼聰明？」她不滿地對我道。我大笑。

「站住！」她氣急敗壞，「你請我吃飯好不好？」

「走吧。有人請我吃西餐呢。正好。」我笑著對她說。她很高興的樣子，快速地朝我跑了過來。

你不是說我們不要再私下在一起嗎？本來我很想問她的，但卻實在說不出口。

剛進入到西餐廳，就聽見流水般的鋼琴聲在耳邊迴盪。「這裏的環境還真不錯。」莊晴歎息道。我微微一笑，不知道是怎麼的，這一刻，那個長髮漂亮女孩的形象在我腦海裏面頓時清晰了起來，不由得一陣激動。

然而，我卻發現今天彈鋼琴的這個人並不是她。這是一個長髮披肩的年輕男子，他的手指依然修長。不過，他與我腦海裏面的那個形象卻完全不同，頓時有了一種物是人非的感歎。

常育的表情明顯不滿。而莊晴也很詫異。「我認識她。」她悄悄地對我說。我並不感到奇怪，因為那天常育到病房來的時候莊晴也在。余敏的事情畢竟在病房裏面引起了轟動。我點頭，「她是我們這裏一個區的民政局長。」

「這是我們科室的護士莊晴。」我把自己帶來的人介紹給了她。常育朝她點了點頭，臉上堆起了一絲的笑容，「年輕真好。」

「常局長，您也很年輕啊。」莊晴還比較會說話。常育卻在搖頭，「哎，老了。我在你這個年齡的時候整天都在忙工作，生活也很艱辛。哎！誰知道到頭來一切都是一場空呢？」常育歎息道。

我笑道：「沒有你以前的艱辛，哪來你現在的地位呢？」

她依然搖頭，「算了，別說那些不愉快的事情了。對了，小莊、小馮，你們喜歡吃什麼？」

午餐變成了閒聊。我知道她可能是想與我說什麼事情的。而現在，我知道自己為什麼要忽然決定帶莊晴來的原因了：想拉開與常育的距離。

「謝謝你的午餐。」在回去的路上，莊晴對我說。

「不是我的，是常局長的。」我笑道。

她忽然站住了，歪著頭看著我，「馮笑，你怎麼會去找一個離過婚的女人當老婆？」我頓時明白她今天和我在一起的意圖了：原來是想問我這件事情。我心裏有些不悅，「我們是中學同學。」

「你是不是有些恨我？」她問道，微微地歎息了一聲。

我急忙地道：「我結婚與你沒什麼關係吧？」她的話我明白了：她以為是因為她的緣故才使得我隨便找了一個老婆。

「馮笑，上次的事情是我不對。」她歎息了一聲然後離開。我頓時怔住了，唯有苦笑。

下午上班的時候，常育給我打了一個電話來，「馮笑，你今天帶來的小姑娘很漂亮。」

「下班的時候碰上了，她非得跟我來。」我急忙地道。

「馮笑，你常姐我可是過來人了，呵呵！」她在電話裏面笑道。

「我和她真的沒什麼的。一個科室的嘛，大家關係不錯。」不知怎麼的，我竟然著急地解釋這件事情。

「我沒事，就是想感謝你。」她在電話裏面笑。

「常姐，別說那件事情了。」我說，「不過我覺得這件事情，你還是應該好好處理一下。」

「他還不是因為那個小妖精的事情，才這樣來報復我！」她說，聲音悲苦。

「他就是抓住了你要面子的心理。其實，如果你強硬了，他應該也很害怕的。你說是不是？」我說。

「謝謝你。」她低聲地說了一句，在歎息。

電話被她掛斷了。我頓時明白：她太在乎她自己的位置和臉面了，所以她不敢，所以她只能這樣獨自承受。

當天晚上我夜班。然而，讓我沒有想到的是，我今後的生活將隨著這次的夜班而發生完全的、巨大的變化。

當天晚上來了一個病人，員警送來的。她被送到病房的時候全身是血，模樣慘不忍睹。待我對她進行搶救、手術後，當清洗完她污穢的那張臉的時候，我憤怒了。她是那家西餐廳彈鋼琴的那位漂亮女孩。她遭受到了慘絕人寰的性侵。

她的雙腿、胸部、胳膊……還有臉上全是傷痕。人已經癡了。我是婦產科醫生，首先要檢查的並不是她的那些外傷。而是她的陰部。慘不忍睹。

她的外陰一片血肉模糊，而且，而且處女膜是新近撕裂的樣子。還有，她的陰道壁也撕裂紅腫。花了近一個小時才縫合好了她內部的撕裂，然後清洗她身體其他的地方。幾個小時下來，我沒有累的感覺，唯有內心的傷痛。

「這個罪犯不是人。」我強忍住內心的悲憤對員警說。

「你是醫生，請你說說你的判斷。」員警比我理智多了，她問我道。雖然她是我很少見過的漂亮女警，但是現在我根本不可能去欣賞她的美麗。我說：「很明顯，她反抗過，奮力地反抗過。而且，她還是處女。」

「你認為她的傷僅僅是因為反抗造成的？」女員警問我道。

我搖頭，「這只是一個方面。從她的傷口來看，罪犯相當變態。」不知道是怎麼的，在說完了這句話之後，我竟然再也忍不住地流下了眼淚，「太慘了。」我喃喃地說。

女員警詫異地看了我一眼，她低聲地說了一句：「看來婦產科醫生就是不一樣。」我對她的話很是不解，不過我不想去問她。

受害的女孩叫陳圓，很普通的一個女孩子的名字。現在她被我安排在病房的重症監護室裏。為了她的安全，重症監護室的外邊，警方安排了女警保衛。

悲傷的情緒在許久之後才平息下來。「究竟怎麼回事？」我問漂亮女員警。

「她今天晚上上班……」她說。話未說完我便點頭，「我認識她，她在那家西餐廳裏面彈鋼琴。今天中午我沒看見她。」

漂亮女員警再次詫異地看了我一眼，「原來你認識她。」

我搖頭。不知道是怎麼的，在這位漂亮女員警面前我一點都不緊張。「我說的認識僅僅是我見過她。幾個月前我去那裏吃飯的時候見過。她的琴彈得很好。」

漂亮女員警看著我笑。我當然明白她為什麼要笑，「對不起，剛才打斷了你的話。」我歉意地對她說，內心希望知道究竟發生了什麼。

「你剛才說得對。她今天是晚上上班。每天她和另外一位琴手輪流值日。昨天她是白天上班，今天是晚上。事情是在下班後發生的事情，在她住的地方。」漂亮女員警說。

我又忍不住地想問了，「發生了這樣的事情，難道周圍的鄰居就沒反應？」

她搖頭歎息，「現在的人，有幾個願意去管這樣的閒事啊？」

「那你們怎麼發現的？」我問道，忽然地明白了，「是她自己報的案？」

她點頭，「她撥打的報警電話。」

心裏想起受害者目前癡呆的狀況，我不禁很擔憂，「她受到了如此巨大的傷害，我很擔心她能不能夠醒轉過來。這樣的現實，是一個女孩子很難接受的。」

「但願她能夠儘快醒過來，幫助我們儘快破案。」她也歎息著說。

「萬一……萬一她的精神崩潰了呢？」我問道。雖然這個問題很殘酷，但我不得不問，「對不起，我不知道你叫什麼，不過我想問你，如果她一直這樣的話，你們就沒有其他的辦法破案了？」我繼續地問道。

「我們會盡力破案的。」她說。

我不禁苦笑，因為我覺得她的這個回答等於什麼也沒講。

「這麼漂亮的一個女孩子，罪犯怎麼下得了手呢？」我喃喃地道，內心的傷痛再次升起。

「有一種恨，它也叫愛。」她歎息著說。

「你的意思是說……」我問道。她擺手，「我什麼也沒說。現在我們還沒有任何的證據。」

我不再說話，因為我的內心只有傷痛。漂亮女員警看了我一眼，朝我伸出手來，「馮醫生，你辛苦了。謝謝你。」我沒有朝她伸出手去，微微地搖頭道：「對不起，我心情很不好。」

她不以為意地看著我笑了笑，「馮醫生，這是我的名片。如果你瞭解到病人有什麼情況了的話，請隨時聯繫我。」

我點頭，沒去再理會她，也沒接過她手上的名片。我直接去到了重症監護室。

她在沉睡。她依然是那麼的美，但是面色卻極其蒼白。我在心裏歎息，歎息上天的不公。仔細看了看監護儀器上的各種資料，發現都還比較正常。頓時放心了很多。不過我依然擔心，因為我知道，她身體的傷痛可以在很短的時間裏面治癒，但是她心理上的傷痛呢？

第二天莊晴來問我，「究竟怎麼一回事？」我搖頭，「別問了。太慘了。」「這樣的案子應該很好破吧？你想啊，能夠進到她住處的肯定是她熟悉的人。說不定是她男朋友也很難說呢。」她卻依然興趣盎然的樣子。我很是不滿，「莊晴，你怎麼一點同情心都沒有呢？你不也是女人嗎？」

「你這人。」她看了我一眼，噘嘴道：「算了，不和你說了。」

病房裏有了員警，這樣的事讓病人們感到很新奇。而且護士們很快把陳圓的情況給傳播出去了，我心裏憤怒卻又無可奈何。有時候要真正做到保護病人的隱私也是一件非常困難的事情。人們的好奇心太強了，有時甚至跨越了他們的同情心。

陳圓恢復得很快，外傷在一周左右的時間便基本癒合了，縫合的傷口也沒有感染的跡象。不過，她依然神智不清。她是特殊的病人，所以醫院沒有過多去計較她的醫療費用問題。不過我們覺得她已經沒有再在監護室的必要了，於是將她轉移到了一間單人病房。她現在住的病房就是上次余敏那間。

那位漂亮女員警來找到了我，「馮醫生，我們準備撤離了。從現在的情況來看，她已經變得安全了。」

「她的家人呢？怎麼這麼些天了我也沒有見到她一個親人出現？還有，她的案子你們調查得怎麼樣了？」我問道。

「她是孤兒。從外地一所藝校畢業後就到了本地打工。費用的事情我們已經和醫院講過了，你不用擔心。」她說。

我很生氣，「不是費用的事情！」

「那對不起，目前案情的進展我們還不方便講。」她說。

「一點線索也沒有？」我忍不住地問道。

「對不起，目前我們還不方便講。馮醫生，這個人我們就交給你們了。你是她的主管醫生是吧？麻煩你多照顧她。對了，如果你發現有什麼情況的話，請及時與我們聯繫好嗎？」她歉意地道。

我點了點頭，不知道是怎麼的，我感覺到她們根本就沒有什麼進展。不是嗎？一周都已經過去了，她們對這個案子竟然沒有任何一種說法。

「馮醫生，這是我的名片。現在你總應該接了吧？」她笑吟吟地對我說。

我接了過來，自己也覺得自己上次有些過分，「對不起。」隨即看了看手上的名片。童瑤。難怪，幼稚園老師的名字，怎麼可能破案呢？我心裏想道。

最近趙夢蕾對我很有意見，因為我每天都是很晚才回家。「你開始厭煩這個家了？」她的話也很不好聽。

沒辦法，我只好把陳圓的事情對她講了。「太可憐了。我想多陪她說說話。希望她能夠儘快醒過來，儘快面對現實。」

她開始流淚，「馮笑，你是我見過最好的醫生。」

「夢蕾，對不起你了。要當一名好醫生，只能犧牲和你在一起的時間了。」我歉意地對她說。

「沒事。如果可以的話，我陪你一起去和她說話。」她柔聲地對我說。

我搖頭，「你可以去看她，但治療的事情必須是我們醫生才能夠去做。與她說話也是一種治療的手段。」

「那我陪你去看她，你和她說話的時候我在邊上看著。」她說。

我點頭，「好吧。」

第二天晚上，趙夢蕾和我一起到了陳圓的病房。不過，從這天過後，我便不讓她再陪我去了，因為她是女人，而且是我老婆。她居然吃醋了。

那天，趙夢蕾陪我去到了病房。當然不是我值班的時間。陳圓的目光依然呆滯。現在她雖然早已經醒轉過來，但我覺得她的軀體上附著的僅僅是她很少的一部分靈魂。她的這部分靈魂僅僅是為了讓她保持最基本的生理功能。這次我不大習慣，因為趙夢蕾就站在我身邊不遠處。我發現自己有了一種第一次上講台一樣的緊張。

趙夢蕾用她那雙美麗的雙眼在看著我。我心裏不禁苦笑，隨即開始慢慢醞釀自己的情緒。

與這樣的病人交流是需要情緒的，因為對方需要感染，真情的感染。對某些病人來講，在這種情況下與她們交流的時候是需要去握住她的手的，但我面前的這個女孩子不可以，因為她遭受到了如此巨大的傷害，任何一個陌生男人的手對她都會是一種進一步的侵犯。

要知道，她其實是醒著的，至少在潛意識裏面是知道我們的存在的，只不過是因為恐懼或者憤怒才讓她把自己的靈魂深深地包裹了起來罷了。

她沉靜地躺在病床上，白色的燈光，白色的床單，白色的被子。我必須保持病房燈光的明亮，因為這樣才會讓她有安全感。而且我吩咐過護士，即使是深夜也得開著燈。

坐到病床的旁邊，看著她，刻意忽略距離我不遠的趙夢蕾的存在。「陳圓，我聽過你彈琴。那天一個朋友請我去吃飯，當我剛剛進入到那家西餐廳的時候就看見你了。你是那麼的美麗，長髮飄飄如同天上的仙女，你潔白如瑩的手指在琴鍵上靈動地彈出如同清風一般的樂曲出來，真的，當時我聽到你的琴聲的時候頓時就有了一種清風拂面的感覺。太美了。那一刻我差點沉醉了。當時我就想，這個如同天仙一般美麗的女孩子究竟是誰啊？彈出的琴聲怎麼這麼好聽呢？

「雖然當時我聽了一點點，但是我卻已經被你的琴聲帶到了一片森林，那裏有鳥語，也有花香，還有潺潺流淌著的溪流。我彷彿看到了你，看到了你身穿白色的紗裙，舞蹈般地在那片淨土上歡快地起舞，你是那麼的美麗，那麼的歡快，就像一位超脫塵世的仙子一般在那裏翩翩起舞。太美了。陳圓，你現在還在那片森林裏面嗎？那裏確實太美了，美麗得有如仙境，但是，那不是我們人間的地方，你回來吧，我很擔心，很擔心你會迷路的。因為我知道，你並不是仙女，而你是公主，是生活在我們人間美麗的、聖潔的公主。你回來吧，你的朋友，你曾經的老師都在等著你回來呢……」

就這樣，我將自己置身於她可能存在的、正在逃避的環境之中，而一點都不敢去觸及她心靈的創痛。我想把她帶回來，帶回到我們這個現實的世界裏面來。雖然這有些殘酷，但是作為人，現實世界才是我們真正需要面對的啊。

就這樣，我絮絮叨叨地、用溫暖的語言對她一直說著。現在，我有些痛恨自己對音樂的瞭解和理解的局限了，同時也羞愧於自己對語言的貧乏。不過我繼續在對她說，因為我真的害怕她迷失在她自己現在的那個世界裏面。如果她真正迷失了的話，她將陷入永久的沉迷，直至死亡。

我就這樣一直對她說著，雙眼一直停留在她那美麗的臉龐上面，完全忘記了趙夢蕾的存在。就這樣一直說著，到後來，我發現自己流淚了……我流著淚繼續在說，一直在說，猛然地，淚眼朦朧中的我忽然地激動了起來，因為我發現她的眼角有著晶瑩的淚珠在滴落。「陳圓！」我大喜，頓時大叫了一聲。

「怎麼了？」趙夢蕾跑了過來。「她，她流淚了。」我結結巴巴地說道，是因為我激動了。

「真的呢。」趙夢蕾的聲音也很驚喜，她拿出紙巾去給她揩拭眼淚。

「陳圓，你醒來了，你醒來了。是嗎？你知道我們在，是嗎？陳圓，我是你的醫生，她是我的妻子。你現在安全了。如果你真的醒來了的話，就睜開眼吧，如果你想要哭的話，就放聲地大哭一場吧……」我對她說。

然而，一切又恢復到了之前的樣子。她依然沉靜地躺在那裏。我頓時頹然。

「馮笑，已經有效果了。慢慢來。」趙夢蕾過來扶住了我的雙肩。我不語，心裏唯有傷痛。

「你說得對，她今天聽到了我說的那些話了，我相信她不久就會醒來的。」在回家的路上我對趙夢蕾說。

「馮笑，你很喜歡這個女孩子是不是？」而她，卻忽然地發出了幽幽的聲音。我心裏頓時緊張了起來。

時間一天天過去，我病床上的病人換了一撥又一撥，而陳圓卻一直如故。天氣慢慢炎熱起來，她的身體開始出現褥瘡。這是我最擔心的事情。

褥瘡又稱壓力性潰瘍，是由於局部組織長期受壓，發生持續缺血、缺氧、營養不良而致組織潰爛壞死。一般來講，褥瘡多在身體不能動彈的病人身上出現，比如昏迷的病人。而陳圓雖然清醒，餵她吃東西她也可以接受，但她卻一直處於癡呆的狀態。除了吃飯、上廁所之外，幾乎都是躺在床上。當然，吃飯和上廁所都是由護士在照顧她。

「馮笑，你那個病人這樣下去不行。」一天莊晴來對我說。我歎息，「那你說怎麼辦？我也沒辦法啊。」

「唯一的辦法是儘快破案，找到罪犯。我有個感覺，找到罪犯的那一天，她才會醒來。因為她的內心充滿著恐懼，還有仇恨。罪犯一天不被找到的話，她始終就會處在恐怖的狀態裏面，而且仇恨也得不到發洩。」她說。

「發洩？」我覺得她的這個詞用得很奇怪。

「是啊。她現在的情況是心結沒有打開，仇恨和恐懼鬱積在了她的心裏，不發洩出來，怎麼會好轉起來？」她說。

我覺得她說的很有道理。看著她，我心裏猛然一動，「莊晴，晚上我想請你男朋友喝酒。」

「幹嘛？」她詫異地看著我，眼神裏面有著一種緊張。我急忙地道：「我想讓你男朋友幫忙查一下她的案子。現在的員警草包太多了。」

「馮笑，我發現你真……你竟然會去面對我男朋友。我服了你了。」她低聲地對我說。我不禁汗顏，「莊晴，你不是說過嗎？上次的事情……」

「打住啊，別說了。行，我問問他。」她即刻打斷了我的話，轉身離去。

而讓我想不到的是，上午要下班的時候，科室秋主任來找到了我。「馮醫生，你那個病人住在我們病房幾個月了，費用一分錢也沒有結，這不是辦法啊？」

雖然我心裏很不悅，但是卻不可能當面頂撞她，「秋主任，上次那個員警不是說過嗎？費用的問題他們跟醫院領導交涉過了的啊！」

「交涉起什麼作用啊？手術費且不說，現在她每天消耗的藥品也不得了啊。醫院領導說了，她的費用醫院承擔一半，我們科室承擔一半。這怎麼行？」秋主任不滿地道。

「那您說怎麼辦？」我不知道她告訴我這件事情的意圖。

「還能怎麼辦？總不可能把她給扔出去吧？這樣，你去找找那個員警，看她怎麼說。」秋主任道。

我很為難，「這……」

「去吧，不然的話，我只好扣你們那個組所有醫生和護士的獎金了。」她嚴肅地對我說。

我只好答應。我個人的獎金無所謂，但是涉及到其他人的事情，我就只好答應秋主任的要求了。科室雖然很小，但是裏面依然很複雜，如果這件事情處理不好的話，我很難在科室裏工作下去。一方面，醫生們會對我很不滿，而另一方面卻更麻煩，那就是護士們將不再像以前那樣配合我的工作。要知道這是婦產科，沒有護士的配合，我根本就無法開展正常的工作。

中午在吃飯的時候，我依然鬱悶。

「怎麼了？」趙夢蕾發現了我心情的鬱鬱。

「還不是那個病人的事情。」於是我把今天秋主任與我的談話告訴了她。她不說話，只是在那裏歎息。

然而讓我想不到的是，下午的時候秋主任興沖沖地來告訴我：「馮醫生，那個病人的費用解決了。不知道是誰替她交了五萬塊錢的現金。」

我也很詫異，同時也很高興，「真的？」

不過我還是決定去找那位女員警。下午的時候我給科室請了假。我想在晚上與莊晴男朋友談這件事情之前，再去瞭解一下案情的進展情況。

「馮醫生來了？快請坐。」童警官很熱情，又讓座又倒茶，「怎麼？有情況要告訴我？」我點頭，「是有情況。病人的費用你們準備怎麼解決？」

「你們醫院那麼有錢，這點費用你們就免了吧。」她頓時不悅起來，像看一位守財奴似的看著我。我頓時笑了起來，「和你開玩笑的。她的費用已經被一位好心人交了。」

「哦？查到了嗎？是誰？」她詫異地問。

我搖頭，「既然人家是悄悄去交的那筆錢，那就說明這個人不想讓別人知道自己是誰啊。」

她眉頭緊皺，「說不定這個人就是罪犯呢！」

我被她的話嚇了一跳，「怎麼可能？罪犯那麼兇殘，怎麼可能還去替她付費用？如果我是罪犯的話，現在要麼逃跑，要麼就去殺了受害者。現在很明顯，罪犯選擇了前者。因為受害者一直神志不清，他擔心自己被暴露。」

她點頭，「有道理。」

我即刻告辭。因為從她的話裏我知道了結果：陳圓的案子到目前為止，根本就沒有絲毫的進展。

「我聽莊晴講過這件事。」莊晴的男友宋梅對我說。今天晚上就我們兩個人。幾樣菜，一瓶白酒。

「我想請你幫個忙。私下查一下這個案子。」我懇求他道，「現在的員警太差勁了，我懷疑他們根本就破不了這個案子。」

他卻搖頭，「破案的事情不是我的職責，而且私自破案是違法的。」

「不會吧？怎麼可能是違法的呢？」我詫異地問道。

「你知道為什麼私家偵探往往比員警厲害？」他問我道。我搖頭。

「因為員警破案要受到很多情況的限制。而私家偵探卻在方法上靈活多變，甚至不會過多去計較取證方法上的合法性。」他說，「上次我說過，很多案子光靠推理是不行的，更多的是需要去調查、去取證。推理只是偵破案件的一個方面，它只提供破案的思路和方向。」

我點頭，「你說得很對。不過我還是希望你能夠幫忙。這個女孩子太可憐了，我覺得我們都應該幫助她。莊晴說得對，或許抓住了罪犯，她才會醒轉過來。」

他在沉吟，我眼巴巴地看著他。

忽然地，他笑了起來，抬頭來看著我，「馮醫生，我可以幫你這個忙。不過，你也得幫我一次。」

我錯愕，「我？我能夠幫你什麼？」

「你可以幫我的。我聽莊晴對我講過，說最近她和你一起吃過飯是吧？」他看著我怪怪地笑。

我頓時忐忑起來，心裏有些慌亂，「是啊，怎麼啦？」

「你那位朋友叫常育是吧？她原來是朝陽區民政局的局長是不是？」他問道。

我頓時鬆了一口氣，「是啊。原來？現在她不在那裏了？」

「她現在是省民政廳的副廳長了，大權在握啊。」他笑著說。

「我還不知道呢。怎麼？你想找她幫忙？」我問道，心裏在想：難怪很長時間沒找過我了，原來是升官了啊！

「你先說答應幫我這個忙不？」他朝我笑道。

「我和她僅僅是一般的朋友關係。你問莊晴就知道了，常育只是我其中的一個病人。」我有些為難起來。

「一個病人，然後能夠與你成為朋友，這裏面的具體情況就不需要我多說了吧？」他笑道，「你是婦產科醫生，她肯定曾經麻煩過你很多事情，而且涉及到她的隱私。馮醫生，這就是你的資源啊。你相信我，只要你有什麼事情去找她的話，她肯定會答應你的。」

我不相信，「難說啊。」

他笑了笑，朝我舉杯，「喝酒。」

「好吧，我答應你。不過你必須先答應我去調查那個案子。而且還得先告訴我你要我替你去說什麼事情。」我喝下酒後對他說道。

他頓時高興起來，「當然。」

宋梅說出了他想要我幫忙的事情後，我頓時呆住了。「我想投資一處公墓。也就是陵園，埋死人的地方。」

「這樣可以賺錢？」我詫異萬分。

「當然。不但賺錢，而且很賺錢。」他笑道。我頓時來了興趣，「你說說。」

「首先，公墓是公益性事業，所以國家對公墓用地價格和稅收徵收得很低，可以說土地成本基本沒有。其次，隨著社會的發展，城市化人口會越來越多，墓地的需求也就會相應的越來越大。假如我們徵用一千畝土地打造成墓地的話，一千畝是多少個平方的面積？六十六萬六千六百六十六個平方！除去百分之四十的綠化、辦公等用地，按照單個墓占地三個平方計算的話，那就是八萬多接近九萬個墓啊。目前我們這裏一個墓的價格在兩千到三千之間，且不說今後價格上漲的情況，就按照目前的價格計算的話，這一共可以賣多少錢？兩個多億！這是什麼概念？」他頓時激動起來。

「不需要投入？」我問道，覺得不可思議。因為我知道，如果這個項目真的有如此巨大的利益的話，絕不可能輪到他去做的。

「當然需要投入。假如是一千畝土地，按照每畝一萬塊錢計算，那也得一千萬啊。此外，請人看風水、設計、前期的道路、墓地建設等等，至少要兩千萬左右吧。」他回答。

我再次詫異了，「你有兩千萬了，還這麼辛苦地賺錢幹什麼？」

他一怔，猛然地大笑起來，「馮醫生，你真夠單純的。我說投資兩千萬並不是說我現在就有兩千萬啊？只需要幾百萬就可以啟動了。公墓是公益性專案，必須民政部門參與才行。他們也得出錢的。現在什麼專案的投資不需要銀行貸款啊？馮醫生，這些事情不需要你懂，只需要你幫我牽線搭橋就可以了。你放心，我不會虧待你的。」

我想也是，「行，我先去問問她再說吧。我拜託給你的那件事情……」

他看著我笑，「馮醫生，你比我年齡大是吧？」我不明所以，「當然了。怎麼啦？」他再次大笑，「那我今後就叫你馮哥吧。可以嗎？」我也笑，「當然可以。」不由得忽然想起莊晴來，心裏怪怪的很不是滋味。

「馮哥，你是不是很喜歡那個女人？受害的那個女人。」他看著我怪怪地笑。

我頓時不悅起來，「別亂說。我只是覺得她太可憐了。」

「是啊，太可憐了。」他即刻止住了笑，歎息道：「好吧，我馬上去調查。不過你不要告訴任何人這件事情。到時候有結果後我直接通知你。」

「太好了。」我高興地道。我完全相信他的能力，同時心裏更加對他充滿著一種好奇。

第十章

愛上了一個不該愛的人

「他，他不喜歡女人。」聽到她說，聲如蚊蠅。
我看著她，結結巴巴地問道：
「莊晴，你，你怎麼會喜歡上那樣一個男人？」
「他也喜歡我的。不過他更喜歡男性。哎！這都是命。
我好幾次都想離開他，但是卻發現自己做不到。」
她說，眼淚在緩緩流下。

第二天下午我主動給常育打了電話，「聽說你高升了？」她笑，「也不是什麼高升，只是升了半格。」

「祝賀你。」我說，猶豫了一瞬後才問她道：「晚上有空嗎？我請你吃頓飯。」

「好啊。每次都是我請你，這次也該你回請我了。」她在電話裏面大笑。

「我是窮人，只能請你去一般的地方。」我說。

「那家西餐廳的價格並不貴。」她說。我被她的這個提議嚇了一跳，「不，我們不去那裏。」

「為什麼？呵呵！行，你安排吧，安排好了給我發簡訊。我準時到。」她說，聽聲音她很愉快。

「這地方不錯。」在一家中餐廳坐下後，常育看了看環境後說道。我苦笑，「你是領導，差的地方我不好意思讓你來。」

「話不能這麼說。我也是從艱苦中走過來的。」她笑道，「不過，現在自己的地位變了，發現自己不知覺地喜歡享受起來。地方好不好其實沒關係，但至少表示對方對自己的尊重吧。」

我覺得她的話倒是實話，而且是難得的實話，於是笑道：「我本來就是誠心請你來吃飯的。」

「謝謝。」她朝我笑，「那我自己點菜了好不好？」

「行。你喜歡什麼就點什麼吧。」我說。

「我請你吧。」她又說。

我急忙地道：「別啊，今天我真心想請你吃飯呢。你這樣就不把我當朋友了。」

「我可以報賬的。」她說。

我即刻正色地道：「這不是什麼報賬不報賬的問題。是我請你，第一次請你吃飯。你明白嗎？」

她看著我笑，「你們當醫生的認真起來還真讓人沒辦法。行，聽你的。」於是她開始點菜，傳入我耳朵裏面的菜名似乎都很普通。最後她點了一瓶紅酒，她點的紅酒也很普通。

「你替我節約啊。」我笑。其實我心裏還是很高興的，畢竟花錢太多是一件讓人肉痛的事情。

「說說，為什麼請我吃飯？」她問我。

「祝賀你高升啊。」我虛偽地道。

她搖頭，「你從什麼地方聽到我升職的事情的？」

「從一個朋友那裏。」我回答。

「你朋友？我認識嗎？」她問。

我搖頭，「可能不認識。」

「我明白了。」她笑了起來，「你那朋友找我有事情是吧？」

我當然知道她分析的過程，不過我今天本來就是來找她說事情的，所以並不打算隱瞞她什麼。「是這樣，上次我們一起吃飯的那個小莊，她男朋友最近來找到了我，他想讓我來給你說件事情。」

「哦？那你先說說吧。」她說。

「她男朋友是做生意的。他想與你們民政部門一起建一座陵園。」於是，我把宋梅的想法告訴了她。

「這樣啊。」她沉吟道，「這件事情很麻煩的。對了，他選好地方沒有？專案建議書、可研報告有沒有？」

我頓時瞠目結舌，「我不知道。」

她看著我，看著我好一會兒，忽然地笑了起來，「他和你都是不懂我們這一行的人啊。」

我急忙地道：「我不懂是肯定的，但他一定懂的。他只是讓我來問問你這件事情有沒有操作的可能性。如果有的話他自然會詳細與你談的。」

她點頭，「這樣啊。不過這件事情太大了，而且我也才調到省廳，這樣的事情我作不了主。」

我有些失望，不過還是很理解她，「我知道。我只是替他問問。」

隨後我們就沒有再談及這件事情。

「馮笑，我已經把你當成了朋友。你覺得我可以是你的朋友嗎？」她問我道。

「當然，不然的話我為什麼請你吃飯？」我說。

她卻在搖頭，「不，我覺得你沒有把我真正當成你的朋友。因為我們在一起這麼多次了，你從來沒有問過我個人的事情，比如我以前的丈夫究竟是幹什麼的，我有沒有孩子等等。你一直在小心翼翼地迴避我個人的事情。所以，我認為你在我面前更多的是以醫生的身分在出現。」

我頓時汗顏，因為她說的是事實。

「馮笑，我是女人，到現在為止只有你知道我最私密的事情。說實話，最開始的時候我確實是因為這樣才不得不把你當成朋友的，因為我需要你替我保密。但是現在就不一樣了，因為我發現你這個人真的很不錯。不但事業心強，更關鍵的是你的人品很好。也許在別人的眼裏我是那麼的風光，是那麼的高高在上，但是卻沒有人知道我內心的痛苦。我是女人，而且是婚姻的失敗者。很多痛苦都只好一個人默默地承受。馮笑，我好希望自己有一位知心的朋友啊。」她說，潸然淚下。

我很感動。「常姐，如果你覺得我還可以信任的話，那你就把我當成你的朋友吧。從現在開始，你可以對我講你自己所有的事情。」

「謝謝。」她揩拭著眼淚對我說道，隨後來問我：「你是不是一直想問我曾經的丈夫是誰？」

我點頭，「是。只是好奇。不過我是醫生，而且還是婦產科醫生，我見到的都是病人的隱私。所以雖然自己對有些事情很好奇，但是還不至於主動去詢問別人的家事。所以常姐，你覺得可以對我講的話才講吧。」

「你是我朋友了。我當然可以對你講。不過我也很想知道你的情況。不然我們之間就不公平了。你說是不是？」她說，隨即笑了起來。

「呵呵！我發現你有時候像孩子似的。行，我告訴你。其實我的事情很簡單，因為我的生活本來就很簡單。」我說。

「今天晚上我本來有一個接待任務的。但是我覺得和你在一起吃飯更重要。馮笑，我等這一天很久了。」她朝我舉杯，真誠地說道。

「為什麼？」我沒明白她話中的意思。

她沒有回答我，不過我即刻就明白了。她是真心想和我交朋友的啊。「謝謝你，常姐。」我真誠地說。

「因為我一直沒有朋友，所以我才非常的珍惜。」她低聲地道。我也不禁歎息，「其實我的朋友也非常少。」

「這次請你幫忙的人是你朋友嗎？」她忽然地問道。我一怔，隨即搖頭道：「不是。不過他對我很重要。」

她詫異地看著我，「這是什麼道理？你說說。」

我沉默了一會兒，隨即告訴了她陳圓的事情。

「馮笑，你對員警如此沒有信心？」她聽完了後詫異地問我道。

我搖頭，說道：「不是沒有信心，是事實上就是如此。時間過去這麼久了，員警那裏竟然一點進展都沒有。這個世界上往往就是這樣，有能力的人不一定都在那個位置上面。」

她看著我，臉上是奇怪的笑。

我忽然感覺到自己剛才的話有些不大對勁，「常姐，我說的不是你啊。」她笑，「我當然知道，沒有誰會當面這樣說人家的。」我大急，「背後我也不會這樣說的。」說出口後感覺依然不對勁，頓時怔住了。她「哈哈」大笑，「馮笑，你真好玩。」

「你說的那個女孩我知道。」隨即，她歎息道，「我記得她好像很漂亮，鋼琴也彈得很好。哎！可惜了。人常說『紅顏薄命』，想不到這樣的事情會發生在她身上。」

「是啊。怪可憐的。」我也歎息。

「馮笑，我問你一個問題，你不要生氣啊。」她忽然地對我說道。我看著她，覺得有些莫名其妙，「你問吧。」

「如果不是那個女孩子，如果出事情的女孩子不是那麼漂亮的話，你會這樣去做嗎？」她問。

我沒有想到她竟然會問我這樣一個問題，頓時怔住了。

「你可以不回答這個問題。」她看著我笑。

我苦笑，「常姐，你希望我說真話呢，還是假話？」

「真話是怎樣？假話又是怎樣？」她問。

「假話就是：我一樣會這樣。真話呢，咳咳！如果不是這個女孩的話，可能我不會這樣做。」

她大笑。

「任何一種美的東西被破滅、被損壞後都是會讓人遺憾或者憤怒的。那個女孩子那麼漂亮，鋼琴彈得那麼的好，而且她的身世是那麼的悲慘。想不到竟然還要承受這樣的災難。所以，我覺得自己應該幫助她。這個世界上美麗的東西本身就已經不多了，我不忍看著這樣的事情像現在這樣子發展下去。也許我的力量很小，很微不足道，但是我覺得自己應該盡力。」我繼續地說道。我發現，自己其實在這一刻才真正明白自己的內心。

「馮笑，你說得真好。」她在歎息，神情黯然。

「現在我才發現自己並不是那麼高尚。呵呵！如果被傷害的不是那個女孩的話，我真的不一定會這樣幫她。」我苦笑著說。

「馮笑，你狠誠實。這是一個人難得的品質。此外，你對待自己的病人是發自內心的關懷。今後你一定會成為一位優秀的婦產科醫生的。所以，我很榮幸，很榮幸能夠和你成為朋友。」她說，隨即朝我舉杯，「來，我敬你。」

我慚愧萬分，「常姐，我沒有你說的那麼好。」

她朝我笑道：「我在官場上摸爬滾打這麼多年，你是什麼樣的人難道我還看不出來？剛才你給我講那件事情的時候我就發現了，你根本就不是為了個人的利益才對我講那件事情的，因為在我告訴你事情很麻煩後，你是那麼的坦然。現在像你這樣的人越來越少了。哎！一個人要保持像你這樣一種純真，還真不容易。」

「呵呵！你還不如直接批評我傻。」我苦笑。

「不是傻。真的。你是醫生，純真、對病人隨時真誠才是你們應該具有的品德。但是現在有幾個醫生能夠做到？所以我才說你會成為一位優秀的婦產科醫生呢。哎！其實我也想那樣的，但是做不到啊。官場是一個爾虞我詐的世界，在官場裏面，純真的人是無法生存下去的。純真真好，可惜的是我這輩子再也與它無緣了。不，我希望和你在一起的時候能夠有這樣的感覺。」她說。

「我這人思想簡單，不會去想那麼複雜的東西。這其實就是懶的一種方式。我靠自己的技術吃飯，懶得去想那麼多的事情。」我笑道。

「這何嘗又不是一種幸福呢？」她感歎道。

我忽然想起了前面的那個問題來，「常姐，你不是說要告訴我你以前那個男人的事情嗎？」

她看著我笑，「看來你還是很有好奇心的嘛。」

我搖頭，「好奇心僅僅只是一個方面。我一直在想，你不能再這樣生活下去了，我是想瞭解你的情況後再看能不能幫助你。」

她看著我，眼裏的淚花在閃爍，「馮笑，謝謝你。」

「他是我們省一家國企的老總。」常育隨後給我講述她曾經家庭的故事。她講得很簡略，更多講述的是她和他曾經的奮鬥與恩愛。

「後來他變了，到了國企後身邊有了很多漂亮的女孩子，於是我對婚姻開始失望，多次向他提出離婚。但是他不敢，因為如果離婚的話將影響他的仕途，後來我就想，那就這樣吧，既然你可以找女人，我幹嘛不能找男人？可是男人卻非常自私，他們對自己背叛婚姻的事情看成是一種理所當然，卻絕不允許自己的老婆紅杏出牆。於是他便開始干涉我的生活，可是他自己卻依然像以前一樣地去和那些漂亮小女孩鬼混。那個在你們醫院住院的女孩就是其中的一個。」

「其實，對於我來講，婚姻早已經成為了一種空殼，為了他和我自己的仕途，我也願意繼續地維持下去。但是，既然他干涉我的私人生活，那麼我覺得自己也不能那麼就算了。那天，我本來到醫院去，就是想好好教訓那個女孩的。但是想不到的是，他竟然在回家後狠狠地打了我一頓。那是他第一次打我。

「我們結婚後雖然發生過很多事，但他在那之前從來沒有對我動過手。我氣急了，當時就向他提出了離婚，我對他講，如果他不同意的話，我就去向他的上級反映。所以他答應了。可是，不久之後卻出了事情，不知道是誰去向他的上級反映了他生活作風上的事情，於是他受到了處分，還被降了級。他認為是我幹的，然後才採用了那種方式來報復我。」

「那個叫余敏的女孩子呢？她後來怎麼了？」我問道。

「不知道。」她搖頭。

「我明白了。」我不禁歎息，「我明白你為什麼不去告他的原因了。一是因為你擔心影響自己的仕途，二是他畢竟沒有把你的有些事情向你的上級反映。是不是這樣？」

「這只是其中的一部分原因。哎！別說這件事情了。不過，現在已經過去了，完全地過去了。他不會再來找我的麻煩了。」她長長地歎息了一聲。

「怎麼？」我不明白。

「可能是他自己也覺得自己很過分吧。前些天他來找過我，說他再也不找我麻煩了。憑笑，我有時候覺得吧，人活著真沒意思。想當初，我和他的感情是多麼的深啊。可是誰知道呢？到頭來會變成仇人一樣。哎！」她再次歎息。

我覺得她告訴我的太過簡略，而且有些事情還很不符合常規。不過我不想過深地去問她，一方面是我沒有探聽別人隱私的習慣，另外一方面是我覺得她肯定有她的難言之隱。不過，我覺得有件事情倒是應該問問她，「常姐，你們沒孩子嗎？」

她搖頭，「我們的婚姻可能也是因為孩子的事情才出現了如此大的裂痕。他沒有生育能力，因為他先天發育不全。」

「你不是說他有很多女孩子嗎？怎麼會呢？」我覺得莫名其妙。

「我說的是真的。因為他只有一個睪丸。除了不能生育之外，其他的都很正常。」她回答。

我忽然想到了一個問題，「不對。」

她詫異地看著我，「什麼不對？」

「那個叫余敏的女孩可是子宮外孕。雖然她懷孕的地方異常，但那也是懷孕啊？也是受精後出現的情況啊？」我說。

她看著我，頓時大笑了起來。

「那個女孩子當然有她自己的男朋友。正因為如此，他才會把那個女孩扔在醫院裏面不管啊。」她大笑，隨即歎息，「不過還算他有點良心，沒讓那個女孩自生自滅。」

「越是像他那樣的人就會越小心是吧？一旦那個女孩子出了事情的話，他就麻煩了。」我說。本來我差點說出「你們這樣的人」但是忍住了。從剛才她的故事中我感覺到了一點：這當官的人好像都很冷酷。

「是啊。」她說，神情黯然，「不過說到底還算我們女人悲哀。那個女孩子出了那樣的事情後，她的男朋友也不管她了。哎！所以這件事情我也得謝謝你呢。現在想起來，那時候我去為難她確實太不應該。我們都是女人，何必呢？」

我也黯然歎息，「是啊。」

「說說吧，說說你的事情。」她看著我笑道。我苦笑，「我的生活很簡單，除了上班，就沒有其他什麼愛好了。」

「你妻子呢？你們怎麼認識的？」她問。

「她是我中學同學。」我回答，隨即苦笑，「其實說起來我們都是同樣的人。我指的是我和你。因為我老婆她也不能生育。她是因為陳舊性結核造成的輸卵管黏連。」

「這樣啊。」她唏噓不已。

就這樣，我們兩個人一邊吃東西、一邊喝酒閒聊著。後來我結了帳，我們分手的時候她忽然對我說了一句：「那件事情我考慮一下再說。」

我一時間沒有反應過來，「哪件事情？」

她笑，「你朋友那件事情啊？那件事情你不要著急給對方回話，等對方把你的事情辦好了再說。而且，裏面的很多東西你並不瞭解，你讓我好好考慮考慮。」

我感激不盡，連聲道謝。

第二天碰到了莊晴，她悄悄來問我：「宋梅找你了？」

「是我去找他。我不是跟你講過嗎？」我回答。

「你答應他了？」她又問。

「他的那件事情可能有些麻煩，我答應又起什麼作用？」我苦笑道。

「哦。」她說，然後轉身離開。我看著她的背影，心裏莫名其妙。我不知道她剛才的話究竟是什麼意思。按照常規來講，她應該請我盡力幫助她男朋友的，然而奇怪的是她沒有。「哦」她說了這個字後就離開了，我根本就不知道她的這個「哦」字究竟需要表達的是一種什麼意思。

一上午我都在想這件事情，我覺得她當時的語氣和表情好像很淡然。正因為如此，我才感到很奇怪。

幾天後又是我的夜班，我驚訝地發現與我同班的竟然會是她。我驚訝的原因是因為我看了值班表的，當時我看見值護士班的是另外一個人。

查完房後，我在辦公室裏面開醫囑，她進來了。她走到了我身旁，我抬起頭去看她，「有事嗎？」

「沒事，我看你開醫囑。」她歪著頭，臉上帶著笑地看著我。

我苦笑，「馬上就開完了，沒什麼大的改動。等一會兒吧，我馬上給你。」

她隨即坐到了旁邊的椅子上，翹起了二郎腿，白皙柔美的小腿在我面前晃動，「我等你。」她說。

我腦海裏面全是她漂亮小腿的樣子，哪裏還開得下去醫囑！「你先把這幾個病人的醫囑拿去準備，剩下的我馬上給你。」我急忙地對她道。

她接了過去，然後看著我笑，「你怎麼不問我為什麼今天和別人換班的事情？」

「可能你過幾天有事吧，或者是今天值班的那個護士臨時有事。」我回答。

「馮笑，你……你就裝吧。」她站了起來，不滿地對我說了一句後離開了。我感覺得到，她好像有些生氣了。

不過我沒有去過問她，因為她整個晚上再也沒有問我。晚上病房很清靜，沒有急診收進入院的病人。一直看書到十一點過就去洗漱睡覺了。

可是，剛剛睡著就聽到外邊有敲門聲。「什麼事情？」我驚醒後問道。

「開門。」外邊傳來的是莊晴的聲音，聲音很小。我想也沒想地就去開了門。

我以為是來了急診住院病人。

我頓時怔住了，因為我看見面前的她竟然沒有穿白大衣。她上身穿的是一件白色的襯衣，下身是緊身的牛仔褲。

在我開門的那一瞬她就擠進了門來。

「你……」我沒有反應過來，但是卻已經被她猛然地抱住了，她的唇即刻到達了我的唇上，然後開始熱吻我。

在這一瞬間的時間裏面，我從詫異直接進入到了激情，什麼都沒有想、或者說是沒有來得及去想就開始與她熱烈地擁吻了起來。她的舌靈動異常，她的手在我背後用力地揉搓著，撩撥得我也還是與她同步的動作。如果說上次我們那樣後變得平常的話，還不如說是我們都隱忍了自己的情感。而此刻，我和她都開始瘋狂了。

我們都在竭力地感受著對方的激情，都在用自己的雙手去搜尋著對方身體的那些敏感之處。靜謐的醫生休息室裏面唯有我和她急促的呼吸聲。我和她都在一瞬之後處於了狂亂的狀態。她滾燙的唇、光潔的臉、纖細的頸，都是我尋覓的地方，而我已經顫慄地感覺到，她溫柔柔細的手已經進入到了我的胯部，裏面。

「莊晴……」我發出了內心的吶喊，這聲吶喊讓我內心的情欲找到了澎湃的缺口，情不自禁地去將她的身體橫抱……然而，就在我剛剛將她橫抱起來的那一刻，我聽到她在對我說道：「輕聲點，這是病房。」

我頓時怔住了。是啊，這是病房啊。腦子裏頓時有了一絲清醒。「莊晴，你怎麼來了？」

「馮笑，我想你了。」她說，「自從那次後，我每天晚上都在想你。」

她的話讓我的激情再次噴湧出來，忍不住地再次去親吻她的唇，雙手也急不可耐地去解開她腰部的皮帶。但是卻發現自己的手顫抖得，怎麼也解不開。

「我自己來。」她說。我放開了自己的雙手，站在那裏看著她動作。心裏顫動得更厲害了。

她解開了她的皮帶，褲子也褪了下去，她的身體趴在了床上，臀部在朝我翹起，「馮笑，來吧……」

感覺到自己的激情如同波濤般的洶湧而來，在幾經衝刺後便像潮水般地驟然退去。「莊晴……」一泄如注之後我擁住她的後背，深情地呼喚了她一聲。她的手翻轉過來抱住了我的頸，臉也側了過來在我的臉頰上摩挲，「馮笑，你真好。」隨後，她從我的身體上抽了出去，撩起褲子、繫上皮帶……離開了。

我一個人呆呆地站在值班室裏，恍若如夢般地不敢相信剛才所發生過的那一切。

「莊晴……」我喃喃地呼喚了一聲。

再也不能入睡。穿戴整齊後出了值班室。

護士站的燈光一片明亮，她身著白大衣匍匐在那裏。她好像睡著了。

「莊晴……」我叫了她一聲，但是她卻沒有應答。我知道她肯定是聽見了我叫她的，只不過不想回應我罷了。我不知道她今天為什麼要這樣。

有時候好事情也是會讓人感到惶恐的。

第二天莊晴又變得與我如同路人般的陌生。這讓我有了一種如夢如幻的感覺，我甚至懷疑昨天晚上的事情是否真正發生過。

幾天後宋梅來找到了我。由此我開始懷疑那天晚上莊晴所作的那件事情的目的來了。可是我又很懷疑：為了一個專案，值得這樣嗎？要知道，莊晴可是宋梅的男朋友，雖然他們還沒有結婚，但是這樣的付出也太過匪夷所思了。

也許，現在可以從宋梅那裏發現一些端倪。

宋梅打電話給我，他說他在那家西餐廳等我。就是陳圓曾經工作過的那家西餐廳。我去了，因為我覺得他安排在那個地方肯定有他的深意。

進去後發現那架鋼琴已經不在。頓時感覺到這裏差了點什麼東西，耳邊一片嘈雜，心裏空落落的有些不大舒服。

一個靠窗的位置，宋梅就坐在那裏。今天他穿得很時尚，花格襯衫，白色的長褲，頸項處掛著一條金晃晃的粗大項鏈，讓我想起香港電影裏面的那些地痞流氓的樣子來。

我看了他一眼，有些驚訝。

「是不是覺得我像暴發戶？」他笑著問我道。我搖頭，「更像黑社會。」他大笑。

「喝什麼咖啡？」他問我。我搖頭，「我對那玩意沒什麼講究。隨便吧。」

他淡淡地笑，「那就藍山咖啡吧，這是最好喝的咖啡。馮哥，你是醫生，要學會過一種高雅的生活。」

我搖頭道：「我是山豬吃不了細糠，沒那些閒心去講究這些。」我知道，他今天叫我來絕不僅僅是為了請我喝咖啡。不過我不會先問他，因為那涉及到那個專案的事情。到目前為止，常育還沒有給我回話。

咖啡上來了。他用小勺在咖啡杯裏面緩緩地攪拌。我發現他的手指很修長，在攪拌咖啡的時候小指微微地翹起。他的這個動作配合著他的花襯衫，讓人感覺到一種怪異。

他端起了咖啡杯，淺淺地酌了一口。我也用小勺在咖啡杯裏攪拌了幾下，然後勺起一勺來喝。很香，味道確實不錯。

「咖啡勺只是用來攪拌的。」他看了我一眼後說道。

「無所謂，只要喝到肚子裏就行了。」我說。心裏還是有一絲尷尬。

他繼續在攪拌杯裏的咖啡，巧克力色的咖啡表面形成了漩渦。「馮哥，那件事情怎麼樣？你去找過常廳長了嗎？」他問，聲音很輕。

我點頭，「找過了。不過她說這件事情很複雜，而且還說她剛剛到民政廳，有些事情不大好出面。」

「她是常務副廳長，這樣的事情她說了可以算數的。」他說，沒有來看我，依然緩緩地在攪拌著他杯子裏的咖啡。

我忽然想到自己拜託他辦的事情，急忙地道：「不過她說了，這件事情得考慮一下再說。我分析，她可能需要好好研究一下。」

「馮醫生。」他忽然抬起了頭來，雙眼灼灼地看著我，「我問你一件事情，你是不是很喜歡莊晴？」

我大吃一驚，背上的冷汗在這一刻猛然地冒出來一片，「你，你這話什麼意思？」

他淡淡地笑，小指翹起繼續攪拌咖啡，「我沒什麼意思。女人嘛，長得漂亮的話，男人都會喜歡的。」

「我已經結婚了。」我急忙地聲明道，卻發現自己的心裏惶惶得更厲害了。

他朝我擺手，「呵呵！沒事。我們是朋友，俗話說『朋友是手足，女人如衣服。』我們誰跟誰啊？馮哥，只要你喜歡她，沒什麼，你想怎樣就怎樣，我沒意見。」

我更加惶恐，駭然地看著他。

「好了，我們不說這件事情了。馮哥，你交辦給我的事情我已經有了眉目了。」他笑道。我看了他一眼，讓我感到詫異的是，他好像真的對我和莊晴的事情無所謂的樣子。現在，我完全清楚一點，我和莊晴的事情他是知道的。那天晚上的事情是他指使的也很難說。而現在，在這種情況下，我對陳圓的事情再也提不起興趣來了，因為我的心中只有惶恐和不安。

「謝謝。」我說。腦子裏面一片空白。

「今天就這樣吧。我馬上還有一件事情。你那邊有消息後請儘快告訴我。」他看了看腕上的錶後對我說道。

「你先走吧。我再坐一會兒。我結賬。」我說，發現自己的雙腿很無力。他朝我笑了笑，然後離開。

我確實被他的話給嚇住了。之前，我一直慶幸他不知道我和莊晴的事情，而從他今天的話中我完全地明白了，他知道，而且還可能知道一切，甚至那天晚上莊晴來找我，就很可能是他指使的。

看來這個人為了錢都已經瘋了。我心裏想道。不過，從今天他對我的態度上來看，他似乎對我並沒有什麼敵意。但是，他已經給了我一個明確的資訊：儘快辦好他的事情。

這個人太聰明了，而且聰明得讓人感到害怕。現在，我有些後悔當初自己去找他的事情了。不過，如果當時自己不去找他的話，難道他就不會主動來找我嗎？既然他想去做那個專案，而且又知道我和莊晴的關係，所以我覺得這是遲早的事情。

由此我可以推斷，他知道我和莊晴的事情應該是在最近。不然的話，他肯定早就來找我算賬了，因為那時候他並不知道我與常育的關係啊。

可是，最近一段時間來我和莊晴不是一直保持著距離嗎？這裏面究竟是怎麼一回事情？想到這裏，我糊塗了。

必須馬上找到常育，不然的話後果將會非常嚴重。我心裏非常明白這一點。

「常姐，有空嗎？」我拿起了電話，心裏忽然地煩躁了起來。

「今天可能不行。一天的會。晚上還有個接待，我主持。你是想問我那件事情吧？」她說。

「是的。」我回答。

「這樣吧。明天下午你帶他到我辦公室來。讓他準備好所有的資料。具體的東西他應該知道。」她沉吟了片刻後說道。

「謝謝常姐。」我鬆了一口氣，隨即問道：「常姐，我可以不來嗎？」說實話，我不想再見宋梅這個人，因為我心裏依然惶恐，因為莊晴和我的那種關係。

「你必須來。」她說，「有些事我必須得當著你們兩個人的面交代清楚。」

我不明白她這句話是什麼意思，不過我必須答應。

看了看時間發現還早，隨即又撥打了一個電話，「莊晴，我想和你談點事情。

你一定要來。」我知道，有些事情是不能夠迴避的，否則的話只可能將事情搞得越來越糟糕。

「什麼事情？」她問道。

「宋梅約我喝咖啡。他已經走了。我想和你好好談談。有些事情在科室裏面說不大方便。」我說。

「什麼地方？」她問。

「上次我們一起吃西餐的那個地方。」我回答。話剛剛說完便忽然想起了一件事情：今天宋梅叫我到這裏來肯定是有他的意圖的，難道他本來是想告訴我他對陳圓那件事情的調查結果？對，應該是這樣。馮哥，你交辦給我的事情我已經有了眉目了。他剛才好像對我說了這樣一句話的。

可是他沒有告訴我任何東西。很明顯，他需要我這邊的消息作為交換。本來我開始是想讓莊晴告訴他常育剛才和我說的那句話的，現在看來，只能由我自己去對他講了。

深深地呼吸了幾次後，開始撥打宋梅的電話，「常廳長說了，讓我和你明天下午去她辦公室。對了，她還吩咐讓你帶上相關資料。」

「什麼資料？」他問，聽聲音很愉快。

「我也不知道。不過她說你應該清楚。」我回答說。

「我明白了。謝謝你，馮哥。」他在電話裏面發出了笑聲。

「我不知道她單位在什麼地方，明天下午你來接我吧。我還得請假。」我說。

「行。」他說，隨即又道：「馮哥，你很聰明。對了，莊晴現在和你在一起是吧？你放心，她不知道我知道你們的事情。」

我很詫異，不過心裏更加奇怪，「宋梅，難道你一點也不在乎莊晴？」

他大笑，「怎麼不在乎？她是我女朋友呢。哈哈！馮哥，謝謝你。明天下午我來接你。就這樣吧。」

電話被他掛斷了，我呆呆地坐在這裏，腦子裏面更加糊塗了。

莊晴來了。

我看著她出現在西餐廳的門口處，然後在那兒四處張望。我沒叫她，因為我一直目不轉睛地在看著她。今天，我的心緒萬分複雜。

她今天的打扮很平常，上身是一件碎花襯衫，下身是一條米色的長褲。看上去很樸素的樣子。她終於看見我了，然後快速朝我跑了過來。她在我面前站立了幾秒鐘後便直接坐到了我對面，剛才宋梅所坐的那個位置。

「喝什麼咖啡？」我問她。

「隨便吧。」她說。

我不禁苦笑：怎麼和我剛才一樣？隨即去招呼服務員，「來一杯雀巢。」前面宋梅說的那個品牌我記不得了，幸好我還知道雀巢。

「什麼事情？」她問我，看了我一眼。我發現她的眼睛好清澈。

「宋梅知道了我和你之間的關係。」我還是告訴了她這件事情，而且告訴得很直接。她的身體晃動了一下，我看得清清楚楚。

「他直接問你的？」一會兒後她才問我道。

我點頭。

她歎息，「馮笑，你真傻。他這是在詐你呢。」我恍然，說道：「他當時問得太忽然了，我根本來不及反應。雖然我並沒有承認，但是我的臉色已經暴露了自己。不過我覺得好奇怪，他好像並不怎麼生氣。你能告訴我這是為什麼嗎？」

「馮笑，有些事情你為什麼非得搞那麼清楚？我把自己給了你，而他知道了卻並不生氣。這難道還不夠嗎？」她卻這樣對我說道。

「有些事情不搞清楚的話，我會害怕的。」我說出了自己最真實的想法。

她不說話。

「你告訴我好嗎？我真的不明白。任何一個男人都不會允許自己的女朋友和其他男人那樣的。但是他卻好像無所謂的樣子。難道他不喜歡你？既然是這樣，你完全可以離開他啊？」我再次問道。

「馮笑，你覺得我是一個什麼樣的人？」她卻忽然這樣問我道。

我頓時怔住了，因為評價一個人並不是那麼的容易。而她卻在看著我，定定地看著我。我只好回答：「你很漂亮，很可愛。」

「就這樣？」她繼續地問。

我愕然，「是啊。怎麼啦？」

「你不覺得我太隨便了？」她問我道。

我再次怔住，說道：「莊晴，我並不認為你是那樣的女孩子。按照你這樣說，我不也一樣地顯得很隨便嗎？可是我自己知道我自己，我骨子裏面還是很傳統的。男人和女人之間相互喜歡就行了。你說是嗎？」

她搖頭，「馮笑，一個人的情感和肉體是可以分離的。你覺得呢？」

「你這話是什麼意思？」我越加搞不明白了。

「比如我吧。我在心裏很愛宋梅，但是，但是……」她說，說到這裏的時候便開始猶豫起來。我看著她，等候著她繼續說下去。

「你愛你的妻子嗎？」她卻在這時候轉了個彎。

「當然。」我說。毫不猶豫。

「那，你不是也背叛了她嗎？馮笑，你別生氣啊，我的意思是說，你不也在情感和肉體上發生了分離嗎？你明白我的意思嗎？」她說，低頭去攪拌杯裏的咖啡。

我被她的話說得雲裏霧裏的，不過心裏很慚愧，說道：「是。不過……莊晴，我不理解，宋梅為什麼會一點也不生氣。我想，如果我妻子知道了，肯定會生氣的。」

「那是因為宋梅他，他和常人不一樣。」她低聲地說道，依然沒抬頭來看我。

我似乎明白了，於是小心翼翼地問道：「他身體有問題？」

可是，她依然在搖頭。我頓時糊塗了。

「他，他不喜歡女人。」我聽到她在說，聲如蚊蠅。

我猛然地一震，頓時明白了。我看著她，結結巴巴地問道：「莊晴，你，你，你怎麼會喜歡上那樣一個男人？」

「他也喜歡我的。不過他更喜歡男性。哎！這都是命。我好幾次都想離開他，但是卻發現自己做不到。」她說，眼淚在緩緩流下。

我心裏也不好受起來，「上次我們去郊區的事情，也是因為這樣吧？」她點頭，「我只是想試試，想試試自己離開他行不行。可是……馮笑，你別問我了，我心裏好難受。」

她說完後便將身體匍匐到了桌上，發出「嚶嚶」的哭聲。我很過意不去，但是卻一時間找不到什麼話語去安慰她。唯有嗟歎。

許久之後她終於抬起了頭來，朝我淒然一笑，說道：「馮笑，我現在覺得好多了。馮笑，因為你與其他人不一樣，你也算是我喜歡的人，而且我們……所以，我希望你忘記這件事情，也希望你能夠幫他這一次。好嗎？」

我點頭。情不自禁地。此時，我也明白那天晚上她為什麼要來找我了。看來她是真心喜歡宋梅。心裏不禁歎息：她愛上了一個不該愛的人，這也是一種悲劇啊。

請續看《帥醫筆記》之二　誘惑在心

帥醫筆記之1 慾望之門

作者：司徒浪
發行人：陳曉林
出版所：風雲時代出版股份有限公司
地址：105台北市民生東路五段178號7樓之3
風雲書網：http://www.eastbooks.com.tw
官方部落格：http://eastbooks.pixnet.net/blog
Facebook：http://www.facebook.com/h7560949
信箱：h7560949@ms15.hinet.net
郵撥帳號：12043291
服務專線：(02)27560949
傳真專線：(02)27653799
執行主編：劉宇青
美術編輯：許惠芳

法律顧問：永然法律事務所 李永然律師
北辰著作權事務所 蕭雄淋律師

版權授權：蔡雷平
初版日期：2015年7月
初版二刷：2015年7月20日
ISBN：978-986-352-198-3

總 經 銷：成信文化事業股份有限公司
地　　址：新北市新店區中正路四維巷二弄2號4樓
電　　話：(02)2219-2080

行政院新聞局局版台業字第3595號 營利事業統一編號22759935

定價：280元　特價：199元

國家圖書館出版品預行編目資料

帥醫筆記／司徒浪著. -- 初版-- 臺北市：風雲時代，
2015.06 -- 冊；公分

ISBN 978-986-352-198-3（第1冊；平裝）

857.7　　104008026